ロレンス ショートセレクション

二番がいちばん

JN155679

代田亜香子 訳　ヨシタケシンスケ 絵

理論社

二番がいちばん

Second-Best

「疲《つか》れたーっ」フランシスはいらついた声をあげながら、生垣《いけがき》の根元近くの芝生《しばふ》にどさっとすわった。アンはどきっとした。大好きな姉はいつも、こんなふうに思いもよらないことをする。

「だってほら、疲れるに決まってるよ。ついきのう、はるばるリヴァプールから旅してきたんだもん」そういって、姉のとなりにぺたんと腰《こし》をおろす。アンは十四歳《さい》で、明るくて落ち着きがあり、常識的《じょうしきてき》だった。歳《とし》のはなれた姉のフランシスは二十三歳で、気まぐれで考えなしに行動するタイプだけど、頭がよくて美人だ。いらいらしながら、服についたヤエムグラの実をむしりとっている。黒い髪《かみ》を高い位置でひとまとめにして、美しい横顔はほてって赤くなっていたけれど、無表情《むひょうじょう》だった。細い手で、むきになってどんどん、トゲのある実をはがしていく。

「旅のせいじゃないから」フランシスはいった。まったく、なんて鈍《にぶ》い子なんだろう。アンは、ふしぎそうな顔をしていた。自分なりの現実的《げんじつてき》な考え方で、気まぐれな姉がどういうつもりでいっているのか、想像《そうぞう》しようとしている。けれどもふと、姉の目に自分の姿《すがた》がしっかりうつっているのに気づいた。黒い瞳《ひとみ》が、文句《もんく》があるならいってみなさいよといっているみたいに見える。アンは、たじろいだ。フランシスはよく、こんなふうに気持ちをぜんぶ顔に出す。その突然《とつぜん》の激《はげ》しさに、まわりの人はどぎまぎする。

「お姉ちゃんってば、どうしたの?」アンはたずねながら、とげとげしている姉のきゃしゃなからだを抱《だ》きしめた。フランシスはあいまいな笑い声を立てて、しっかりした妹の胸《むね》に顔をあずけてもたれた。

「べつに、ちょっと疲れただけ」そうつぶやいたけど、いまにも涙《なみだ》があふれてきそうだ。

「うんうん、疲れるに決まってるよ」アンはなぐさめるようにいった。フランシスにしてみたら、妹のアンが母親みたいに大人っぽくふるまうのがおかしくてたまらない。なんたって、アンはまだお気楽な十代だ。男なんて大きな犬くらいにしか思ってない。こっちは、二十三にもなると、悩《なや》んでばっかりだ。

朝の田園は、しんと静まりかえっていた。野原では、何もかもがきらめきながら影《かげ》を落とし、丘《おか》の斜面《しゃめん》はあったまって湯気が出ている。茶色っぽくなった芝生《しばふ》はまるで火がくすぶっているみたいで、オークの木々の葉は日に焼けてこげたような色をしていた。その色の濃《こ》い葉っぱのあいだから遠くの村がちらっと見えて、小さな赤やオレンジ色がきらめいている。

野原のすそを流れる小川のほとりに並《なら》ぶ柳《やなぎ》の木が、ふいにゆさゆさ揺《ゆ》れ、ダイヤモンドのようにまぶしく光った。さっと風が吹《ふ》いたせいだ。アンは、またふつうにすわりなおした。脚《あし》を投げ出して、落ちていたハシバミの実をつかんでひざの上にのっける。白っぽい緑の葉をつけた実は、くすんだピンクに色づいている部分がある。その割《わ》れ目をかんで、アンは実を食べはじめた。フランシスはうつむいたまま、つらそうな顔で考えこんでいる。

「ね、お姉ちゃん、トム・スメドリー、知ってるでしょ？」アンが口をひらいて、殻《から》につまった種を出した。

「知ってるでしょうね」フランシスは、皮肉っぽく答えた。

「でね、トムがあたしに、自分がつかまえた野ウサギをくれたの。うちで飼《か》ってる子と一緒《いっしょ》に飼えばいいって。もちろん、生きたまま」

「ふーん、よかったわね」フランシスは、どうでもよさそうにいった。

「うん、それはよかったの。だけどね、オラトン町のお祭りに連れてってくれるっていったのに、うそばっかりなんだもん。しかも、牧師館《ぼくしかん》のお手伝いさんを連れていったんだよ。あたし、見ちゃったの」

「しょうがなかったんじゃない」

「ううん、しょうがなくなんかない！　あたし、トムにそういってやったの。あと、お姉ちゃんにいいつけてやるって。あー、せいせいした」

カリッカリッ。アンは、木の実を歯で割《わ》っている。種を出してから、満足そうにかじる。

「そんなことしても、なんにもならないわよ」フランシスがいう。

「まあ、そうかもしれないけど。でも、頭にくるんだもん」

「なんで?」

「くるに決まってるよ。お手伝いさんを連れてく権利《けんり》なんて、ないのに」

「何もまちがってないと思うけど」フランシスは、冷たくいいはなった。

「ううん、まちがってる。だって、あたしを連れてくっていったのに」

フランシスは、思わず笑った。ああ、そういえばそうだったと、おもしろくなってしまったからだ。

「そうそう、そうだったわね。で、わたしにいいつけてやるっていったら、トムはなんだって?」

「笑いながらいってた。『お姉さんは、そんなことでいちいち騒《さわ》ぎ立てないよ』って」

「その通りだわ」フランシスは、ばかにしたようにいった。

　そのまま、ふたりとも口をつぐんだ。野原は、干《ひ》からびたブロンド頭のアザミや、だまりこくったイバラたちや、茶色い殻《から》につつまれたハリエニシダが、お日さまの光にきらめいて、夢《ゆめ》のようにぼんやりと見えた。小川のむこうには、いかにも農村らしい風景が広がっている。白い模様《もよう》みたいな大麦の切り株《かぶ》、四角い茶色の小麦畑、ところどころ黄土色《おうどいろ》になった牧草地、赤い縞々《しましま》の休閑地《きゅうかんち》が、飾《かざ》りつけみたいな林や小さな村と一緒《いっしょ》に、遠くの丘《おか》の連なりまでつづいていく。だんだんと、そのチェック柄《がら》のようなパターンは小さくなり、やがて遠くの暗いかげろうのなかに溶《と》けこんでいき、ついには大麦の切り株の小さな畑の四角しか見えなくなる。

「あっ、ねえ、ウサギの穴《あな》がある！」アンがふいに声をあげた。「出てくるか、見てようよ。のんびり待ってればいいんだし」

　ふたりは、じっとすわっていた。フランシスは、まわりにあるあれこれをながめた。なんだか、みょうによそよそしく見える。緑がかったニワトコの実は紫色《むらさきいろ》の茎《くき》から重たそうに垂《た》れ、黄色くきらめくクラブアップルは生垣《いけがき》の上のほうで空にむかって実り、しおれたプリムローズの葉は生垣の根元あたりにはりついている。何もかも、はじめて見るみたいな気がする。そのとき、何かが動いた。モグラが、あたたかい赤土に鼻をこすりつけながら、そーっと動いている。平べったくて影《かげ》みたいに黒い姿《すがた》で、あっちに行ったりこっちに行ったり、もぞもぞと向きを変えながら、「生きる歓《よろこ》び」の幻《まぼろし》みたいに、ふいにすばやく動いたかと思うと、ぴたっと止まる。フランシスはぎょっとして、いつものようにアンに命じて殺させようかと思った。だけど今日は、さんざんいやなことがあったせいで、そんな気力もわいてこない。だまってながめていると、その小さい獣《けもの》は鼻をくんくんさせながらそわそわと歩きまわり、触《ふ》れるものをたしかめたり、意味もなく走りだしたりして、日ざしや、自分のおなかや鼻をなでる見知らぬあたたかいものを、ぼうっとうれしそうに味わっている。見ているうちに、哀《あわ》れでたまらなくなってきた。

「あっ、お姉ちゃん、見て！　モグラがいる」

アンは立ちあがって、何も知らずに歩いているモグラを見つめた。フランシスは、いやな予感がして眉《まゆ》をひそめた。

「逃《に》げないね」アンが小さい声でいう。それから、そーっと近づいていった。モグラがあわててよろよろと逃げだす。とっさに、アンは足でそっとおさえつけた。モグラは、小さいピンク色の手を泳ぐようにばたつかせ、とがった鼻をひくひくさせながら、靴《くつ》の下でもがいている。

「じたばたしてる！」アンは、気味が悪そうに顔をしかめた。それからかがみこんで、つかまえたものを見た。靴底《くつぞこ》からはみ出している肩《かた》を上下させ、目が見えないまま顔をぐるぐる動かし、ぺたっとしたピンク色の手を必死でばたばたさせている。

「殺しちゃいなさいよ」フランシスは、思わず顔をそむけた。

「えーっ、そんなことしないよ」アンは、ありえないというふうに笑った。「お姉ちゃん、殺したかったらどうぞ」

「殺したくなんかないわ」フランシスは、きっぱりといった。

何度か足を軽く上げ下げして、アンはようやくモグラの首筋《くびすじ》をつまんで持ち上げた。モグラは頭をぐいっとそらして、長い鼻づらを左右にふりながら、口を思いっきりひらいてピンク色の歯をのぞかせている。目も見えないまま、やたらめったら口をぱくぱくさせてもがいている。動きのにぶいずんぐりしたからだは、だらんとしていた。

「いせいがいいね」アンは、かみつかれないようによけた。

「どうするつもり？」フランシスは問いつめるようにいった。

「殺さなきゃ。畑に悪さをするから。家に連れてかえって、パパかだれかに殺してもらう。逃《に》がしてはあげないよ」

アンはハンカチでモグラをてきとうにくるんで、フランシスのとなりにすわった。しばらくふたりとも口をつぐんでいた。アンはずっと、もがくモグラを押《お》さえつけている。

「今回は、ジミーの話、しないんだね。リヴァプールじゃ、あんまり会わなかったの？」アンがとうとつにたずねた。

「一、二回」フランシスは答えた。なんてことをきくんだろうとむかついたけれど、顔には出さない。

「ふーん。もうあんまり好きじゃなくなったとか？」

「そう思うしかないわ。なんたって、相手は婚約《こんやく》したんだから」

「婚約？ ジミーが？ うそでしょ？ あのジミーが婚約するなんて、信じらんない！」

「そう？ ジミーだって、婚約ぐらいするでしょうよ」フランシスは、ぴしゃりといった。

アンは、モグラをいじくっている。

「そうかもね。でも、想像《そうぞう》もしてなかったから」やっとアンは口をひらいた。

「どうして？」

「わかんないけど……あーもうっ、こいつってば、ちっともじっとしてないんだから！　で、だれと婚約《こんやく》したの？」

「知るわけないわ」

「きかなかったの？　長いことつきあってたのに。きっと、理学の博士号をとったから、婚約したほうがいいと思ったんだね」

　フランシスは、思わず笑った。

「それとこれとが、なんの関係があるの？」

「大ありだよ。自分ももう一人前だって思いたいんでしょ。それで婚約したんだよ。こらっ、動かないで！　出てくるんじゃないの！」

　ところが、モグラはこのすきに、もう少しでぬけだそうとしていた。じたばたもがきながら、とんがった頭を振《ふ》り回し、口をあんぐりあけ、大きなしわくちゃの手を広げている。

「おとなしくしてなさい！」アンは人差し指でモグラをつついて、ハンカチのなかに戻《もど》そうとした。ふいに、ガブリと指をかみつかれる。

「キャッ！　かみつかれた！」アンは声をあげて、思わずモグラを地面に落とした。目が見えないモグラは、わけもわからずうろうろとはいまわる。フランシスは悲鳴《ひめい》をあげそうになった。ネズミみたいにあっという間に逃《に》げていくかと思ったら、いつまでもうろうろしている。さっさとどっかに行け、とどなってやりたい。アンはとっさの怒《いか》りにまかせて、フランシスが持ってきていた杖《つえ》をぱっとつかんだ。杖のひと振りで、モグラは死んだ。フランシスは、あまりのことにあぜんとしていた。ついさっきまで、その小さな生きものは日なたでじたばたしていたのに、いまじゃ、ぐったりして、黒い袋《ふくろ》みたいに動かない。もぞもぞも、ピクピクもしていない。

「死んじゃったわよ！」フランシスは、息を切らしながらいった。アンは、かみつかれた指を口のなかから出して、傷口《きずぐち》をながめながらいった。

「うん、死んだね。あー、すっきりした。まったく、ろくなやつらじゃないんだから、モグラなんて」

すると怒《いか》りがおさまったらしく、アンは死んだモグラをつまみあげていった。

「きれいな毛並《けな》みだね」しみじみとながめながら、人差し指で毛をなでて、ほっぺたに当ててみる。

「気をつけて」フランシスが注意する。「スカートに血がつくわよ！」

真っ赤な血が一滴《いってき》、その小さい鼻先からいまにもぽたりとたれそうだ。アンが振《ふ》り落とすと、血はイトシャジンの上に落ちた。ふいに、フランシスは心が落ち着いてくるのを感じた。一瞬《いっしゅん》にして、さとったみたいに。

「やっぱり殺して正解《せいかい》だったわね」そういうと、どうでもいいようなわびしい気持ちが、悲しみをかき消した。きらめくクラブアップルも、まぶしいほど光るヤナギも、わざわざ目をとめる価値《かち》もないどうでもいいものに思える。何かが、フランシスのなかで死んだ。そして、胸《むね》を痛《いた》めるものなど何もなくなった。心はおだやかで、無関心が静かな悲しみをおおいかくしていた。フランシスは立ちあがり、小川のほうへ歩きだした。

「えっ、置いてかないでよ」アンが声をあげて、あわてて追いかけてくる。

フランシスは橋の上で立ちどまり、牛に踏《ふ》まれてくぼんだ赤土をながめた。水がはけていく通り道もないのに、何もかもが青々と、みずみずしい香《かお》りをはなっている。どうしてわたしは、アンのことをもっと気にかけてあげられないんだろう？こんなになついてくるのに。相手がだれでも、あんまりたいせつに思えないのはどうして？　わからない。でもどうしても、ひとり無関心を保《たも》っていられる自分を誇《ほこ》らしく感じてしまう。

ふたりは、刈《か》りとった大麦の束がずらっと並《なら》んでいる畑に入っていった。麦のまっすぐな金色の房《ふさ》が、地面に流れこんでいるようだ。刈り株《かぶ》は夏の強い日差しのせいで白くなり、あたり一面がきらめいて見える。となりの畑は、つぎに植えた作物の甘《あま》くてふんわりしたにおいがしていて、濃《こ》い緑色のなかにかわいいピンク色の丸い花をつけたクローバーが、点々とちらばっていた。香りはごくかすかだ。フランシス、つづいてアンが、そのなかを歩く。

農家の木戸の近くで、ひとりの若《わか》い男が大鎌《おおがま》を振《ふ》り、午後に牛にやる飼《か》い葉《ば》を刈《か》っていた。ふたりがやってくるのに気づくと、作業《さぎょう》の手をとめ、ぼけっと突《つ》っ立ってながめている。白いモスリンの服を着たフランシスは、何も気にとめないみたいに堂々と歩いてくる。何があっても動じなさそうな、人を無視《むし》するような足どりに、トムは心がざわざわした。フランシスのほうは、遠くはなれたところにいるジミーを五年も追いかけていたのに軽くあしらわれた。トムのことなど、ほとんど気にかけていなかった。

トムは、背丈《せたけ》はふつうで、がっちりとした体つきをしていた。明るい色のつるんとした肌《はだ》は、日に焼けても黒くならずに真っ赤で、そのせいでよけい、気さくで人がよさそうに見える。フランシスのひとつ年上で、少しでもフランシスにその気があれば、とっくに結婚《けっこん》を申しこんでいただろう。けれども実際《じっさい》は、たくさんの女の子とおしゃべりをするだけでとくに波風も立てず、深いつきあいもしないで、もめごとのない日々を送っていた。内心は、ひとりの女性《じょせい》とつきあいたいと願っていた。

姉妹《しまい》が近づいてくると、トムはなんとなくよく見られたくて、ズボンをぐいっと上げた。フランシスみたいに上品な女性はなかなかいない。見ていると、みょうに気持ちが高ぶってくる。少し息苦しさも感じる。どういうわけか、今朝はとくに胸《むね》がざわめく。白い服を着ているせいかもしれない。トムは現実的《げんじつてき》な考え方しかできないタイプなので、自分の気持ちがわからなかった。何がしたいのか、意識《いしき》できないままでいた。

フランシスのほうは、自分が何をしようとしているのか、ちゃんとわかっていた。トムは、わたしさえその気を見せれば、すぐに夢中《むちゅう》になるだろう。ジミーを自分のものにできなかったけれど、もう心は痛《いた》まない。でも、かわりに何かしら、自分のものにしなくちゃいけない。いちばんが――やっぱりジミーだ。いばってるけど――ダメになったなら、二番を手に入れればいい。トムだ。フランシスは、どうでもよさそうに近づいていった。

「帰ってきたんだね！」トムがいった。フランシスは、その声が少しおどおどしているのに気づいた。

「いいえ」フランシスはくすくす笑った。「わたし、まだリヴァプールにいるのよ」

声に親密《しんみつ》さがひそんでいる気がして、トムは舞《ま》いあがった。

「じゃ、ここにいるのはだれなんだ？」

フランシスの心ははずんだ。やっぱり思ったとおり、引っかかってきたわ。トムの目をじっと見つめる。一瞬《いっしゅん》、気持ちが通じ合った。

「さあ、どう思う？」フランシスは笑った。

トムは、上の空で帽子《ぼうし》をもちあげて、あいさつするしぐさをした。この男、きらいじゃないわ。ちょっと変わってるけど、おもしろくてきどってないし、どっしりとした男らしさもある。

「ね、ほら見て、トム」アンがしゃしゃり出てきた。

「モグラか！　死んでるのを見つけたのか？」

「ううん、あたし、かまれたの」

「へーえ！　で、ぶっ殺してやったってわけか？」

「もうっ、そんな言い方しないで！」アンがムッとしていう。

「はあ？　何がいけないんだ？」

「そんな乱暴《らんぼう》な言い方、いや」

「そうかな」

　トムは、フランシスをちらっと見た。

「品がいいとはいえないわね」フランシスはそういったものの、気にはならなかった。ふつうなら、下品な言葉づかいをされると気にさわる。ジミーは、洗練《せんれん》されていた。けれどもいまは、トムの話し方がまったく気にならない。

「感じよくしゃべってくれるとうれしいわ」フランシスはいった。

「そうなんだ」トムは、そわそわと帽子を手でずらした。

「いつもはそうしてるでしょう？」フランシスがにっこりする。

「努力しなくちゃいけないな」トムは、ちょっと緊張《きんちょう》していった。

「なんの努力?」フランシスが明るくたずねる。

「きみに感じよく話ができるようにだよ」トムがいう。フランシスはぱっと赤くなって、とっさにうつむいたけれど、すぐに明るい笑い声を立てた。トムは器用じゃないけど、いっしょうけんめい気に入られようとしてて、好感がもてるわ。

「じゃあ、もう、あんな言い方はしないよね」アンが、いいきかせるようにトムの腕《うで》をたたいた。

「こんなにこいつをめった打ちにしなくてもよかったのに」トムは腕をさすりながら、アンをからかった。話が安全な方向に進んで、ほっとしていた。

「はずれーっ。一発で死んじゃったの」フランシスは、いつもは大きらいな軽薄《けいはく》な口調でいった。

「モグラをたたくのなんか、得意じゃないんだろう?」トムは、フランシスのほうをむいていった。

「さあ、頭にきたら、何をするかわからないわよ」フランシスはきっぱりといった。

「そうなのか?」トムは、ぎくっとしてたずねた。

「必要なら、なんだってするわ」フランシスがさらに強い口調でいう。

トムは、フランシスの変化になかなか気づかない。

「で、今回は必要だと思ってないってわけか?」トムは、不安そうにたずねた。

「そうねえ。どうかしら?」フランシスは、トムを冷たい目で見つめた。

「必要なんじゃないかなあ」トムは目をそらしながらも、いいはった。

フランシスは、とっさに笑いだした。

「でも、わたしには必要じゃないかもしれない」フランシスは、ばかにするようにいった。

「ああ、その通りかもな」

フランシスは、くすくす笑った。

「うそ。必要よ」しばらく、ぎこちない沈黙《ちんもく》が流れる。

「じゃあ、わたしにモグラを殺せっていうのね?」フランシスは、しばらくするとおそるおそるいった。

「畑を荒《あ》らすからな」トムは、怒《おこ》ったようにいった。

「そう。じゃあ、つぎにモグラを見たら、やってみるわ」フランシスはきっぱりといった。ふたりの目が合う。フランシスは、もういばっていられなくなった。トムは、とまどいながらも勝利を予感していた。運命にがっしりつかまれているみたいに。フランシスは帰りぎわに、にっこりした。

「なんなの?」アンがいった。ふたりで、小麦の刈《か》り株《かぶ》のあいだを歩いているところだ。「ふたりで何をうだうだしゃべってたのか、ぜんぜんわかんない」

「そう?」フランシスは、深い意味があるみたいに笑った。

「うん、わかんない。だけど、思ったんだ。トムって、ジミーよりずっといいと思う。ぜったいに。やさしいし」

「そうかもしれないわね」フランシスは、どうでもよさそうにいった。

つぎの日、フランシスはひとりでさんざん探《さが》しまわった末に、日なたをうろついているモグラを見つけた。そしてそのモグラを殺し、夕方まで待った。トムが夕食後にパイプを吸《す》うために木戸のところに出てきたとき、フランシスはモグラの死骸《しがい》をわたした。

「さあ、どうぞ!」

「自分でつかまえたのか?」トムはいいながら、なめらかな毛につつまれた死骸を指でつまんで、じっくりながめた。動揺《どうよう》をかくそうとしている。

「わたしにはできっこないと思っていた?」フランシスは、顔をぐっとトムに近づけた。

「ああ、できないと思ってた」

フランシスは、げらげら笑った。こんなふうに思いっきり笑ったのは、はじめてだ。なぜか涙《なみだ》があふれてくる。どうしても手に入れたい。この男は、どうしたらいいかわからなくてあせっている。フランシスが、トムの腕《うで》に手を置く。

「一緒《いっしょ》になってくれるか?」トムが、やっとしぼりだしたようにたずねた。

フランシスは顔をそむけ、ふるえる声で笑った。トムは、血がかーっと激《はげ》しくのぼってくるのを感じた。落ち着こうとしても、気持ちがどんどんあふれてくる。フランシスのきれいなほっそりした首筋《くびすじ》が目に入って、強い愛がわきあがってきた。愛《いと》しく思う気持ちも。

「きみのお母さんに話さなくちゃいけない」そういってトムは、フランシスへの情熱《じょうねつ》をなんとかしずめようとしていた。

「そうね」フランシスは答えた。声には、まったく気持ちが感じられなかった。けれども、その奥《おく》には、ぞくぞくするほどのよろこびがひそんでいた。

馬商の娘

The Horse-Dealer's Daughter

「さて、メイベル、おまえ、これからどうするつもりだ？」ジョーはへらへらとたずねた。自分はだいじょうぶだと安心しきっている。返事も待たずに横をむき、煙草《たばこ》のかすを舌先《したさき》に出すと、ぺっと吐《は》いた。不安はない。おれの身はあんたいだ。

男三人と女ひとりのきょうだいは、わびしい朝食のテーブルをかこんで、うだうだと話し合っていた。その日の朝、郵便《ゆうびん》が来て、一家の破産《はさん》が決定的になった。とうとう運のつきだ。どっしりとしたマホガニーの家具がおいてある暗い食堂も、あきらめて処分《しょぶん》されるのを待っているみたいに見える。

話し合ったところで、どうにかなるものでもない。三人の兄弟は、なんともいえないむなしさをただよわせていた。手足をテーブルに投げ出し、煙草《たばこ》をふかしながら、自分の身の上をぼんやりと考えている。ひとりだけちがうのが、かなり小柄《こがら》でぶすっとした、二十七歳《さい》の娘《むすめ》だ。兄や弟とは、生き方も考え方もちがっていた。もともと顔立ちはうつくしいはずだが、いつも無表情《むひょうじょう》でむすっとしていて、兄弟から「ブルドッグ」とあだ名をつけられていた。

家の外から、数頭の馬が入り乱《みだ》れて歩く蹄《ひづめ》の音がする。三人の兄弟はすわったままもぞもぞむきをかえて、そちらをながめた。大通りと前庭をへだてている色の濃《こ》いヒイラギの茂《しげ》みのむこうに、この地方ならではの大型の荷馬たちが厩舎《きゅうしゃ》から運動のために連れだされている。とうとう最後のときがきた。一家が売買を仲介《ちゅうかい》する最後の馬だ。三人は、文句《もんく》があるような、こわばった顔でじっと見ていた。ああ、おれたちも落ちぶれたもんだな。災難《さいなん》に巻《ま》きこまれたとしか思えない。

三人とも、健康でがっちりとしていた。長男のジョーは三十五歳で、肩幅《かたはば》が広くてハンサムだが、すぐにかっとなるたちだ。顔が赤く、目はうつろで、よく落ち着きなく太い指に黒い口ひげを巻きつけている。みだらに歯を見せて笑い、人をばかにしたような態度《たいど》をとる。いまは、一家の没落《ぼつらく》のせいで頭がぼうっとして、あきらめた目で馬を見送っていた。

大きな荷馬たちが、威勢《いせい》よく通りすぎていく。四頭ずつ一列につながれて、大通りからわかれる小道へむかっていた。黒くぬかるんだ泥《どろ》を大きな蹄《ひづめ》で平然《へいぜん》と踏《ふ》みしめ、引きしまった腰《こし》を威勢よく振《ふ》りながら進んでいく。小道にさしかかるとふいに数歩だけ速足になって、角を曲がっていく。どの動きにも、どっしり、のっそりした力強さと、人間に従《したが》うしかない愚《おろ》かさがある。先頭を行く馬番が振りかえって、引き綱《づな》をぐいっと引っぱった。そのうち、馬の列は小道のむこうに見えなくなっていった。いちばんうしろを歩く馬の短く整えられた尾《お》が、ゆらゆら揺《ゆ》れる大きな腰からピンと立って、生垣《いけがき》のむこうに消えていく。

ジョーは、希望を捨《す》てた目でぼんやりと見ていた。この馬たちは、おれのからだの一部みたいなものだ。おれはもうおしまいだ。幸いにも同い年の女性《じょせい》と婚約《こんやく》していたので、近くのお屋敷《やしき》で執事《しつじ》をしている義理《ぎり》の父親が仕事を世話してくれることになっている。結婚《けっこん》したら、馬のようにハーネスにつながれる。人生は終わったようなものだ。これからは、人に従うしかない動物として生きていく。

ジョーはいらいらして顔をそむけた。遠ざかっていく馬の足音がまだ耳にひびいている。ばかみたいにそわそわして、皿からベーコンの切れ端《はし》をつまむと、ひゅうっと口笛を吹《ふ》き、暖炉《だんろ》の前に寝《ね》ているテリアに投げてやった。犬がベーコンをのみこむのをじっと見つめていると、むこうもこちらを見つめ返してくる。ジョーの顔に、かすかな笑みが浮《う》かんだ。間のぬけた高い声でいう。

「これからはもう、ベーコンなんかそうそうもらえなくなるんだぞ。おい、きいてんのか？」

犬は、つまらなそうに軽く尻尾《しっぽ》を振り、前脚《まえあし》だけ動かしてくるりと回ったが、すぐに横になった。

またしてもやりきれない沈黙《ちんもく》が流れる。ジョーは投げ出した手足をもぞもぞ動かしたものの、この家族会議がおひらきになるまでは出ていかないつもりだった。次男のフレッドは、手足がすらっとして姿勢《しせい》がよく、しゃきっとしていた。馬が去っていくのを、兄のジョーよりも平然《へいぜん》と見守っていた。動物なら、これまでのジョーとおなじで、支配される側ではなくする側の獣《けもの》だ。あらゆる馬を手なずけていて、支配者としての余裕《よゆう》が感じられる。しかし、状況《じょうきょう》が変わってしまい、自分ではどうにもできなくなった。茶色の無精《ぶしょう》ひげを指でつまんで押《お》しあげると、いらだたしそうに妹をちらっと見る。妹は無表情《むひょうじょう》で、まったく動じていないようだ。

「しばらく、ルーシーのところに行って世話になるんだろう?」フレッドはたずねたが、返事はない。

「ほかに当てがあるわけじゃないんだから」フレッドはしつこくいった。

「家のことを手つだわせてもらえ」ジョーがぶっきらぼうにいった。

妹は、ぴくりとも動かない。

「ぼくが姉さんだったら、看護師《かんごし》でも目指すな」弟のマルコムがいった。甘《あま》やかされた末っ子で、陽気で明るい二十二歳《さい》の若者《わかもの》だ。

メイベルは、マルコムの言葉をきいてもいなかった。何年もずっと、兄弟たちにあれこれと余計《よけい》なことをいわれつづけてきたので、もう耳に入らなくなっていた。炉《ろ》だなの上にある大理石の時計が、三十分をそっと告げる。炉の前のラグに寝《ね》ていた犬が不安そうに起きあがって、朝食のテーブルについている四人をながめた。結論《けつろん》の出ない話し合いは、まだつづいている。

「よし、もういいな」ジョーがふいに、何がいいのやらわからないが、いった。

「おれは行く」

ジョーはいすを引き、馬に乗るときのようにひざを曲げてほぐすと、暖炉《だんろ》のほうへ歩いていった。それでも、部屋《へや》を出て行こうとはしない。ほかのきょうだいが何をいい、何をするのか、興味《きょうみ》があった。パイプに煙草《たばこ》をつめながら、犬を見下ろして、わざとらしくつくった高い声で話しかけた。

「一緒《いっしょ》に行くか？　ついてくるか？　おまえが思ってるよりずっと遠くへ行くことになるんだぞ。おい、きいてんのか？」

犬がかすかに尻尾《しっぽ》をふる。ジョーはあごをつきだして、パイプを手の平に包んで夢中《むちゅう》ですぱすぱ吹《ふ》かしながら、ぼんやりした茶色の瞳《ひとみ》でじっと犬を見下ろしていた。犬も、信用ならないというふうに悲しそうな目でジョーを見上げている。ジョーは、馬に乗っているように、ひざを突《つ》き出して立っていた。

「ルーシーから手紙は来たか?」フレッドが妹にたずねた。

「先週」どうでもよさそうな返事がくる。

「なんて書いてあった?」

返事はない。

「こっちに来て暮《く》らせばいいって?」フレッドはしつこくきいた。

「そうしたいんなら、って」

「なら、そうすりゃいい。月曜には行くって連絡《れんらく》しろ」

また返事がない。

「そうするしかないだろ? なあ?」フレッドはむっとしていった。

それでも、返事はない。むなしさといらいらが、部屋《へや》をつつんでいた。何も考えていないマルコムは、にやにや笑っている。

「来週の水曜までにはどうするか決めなきゃならん」ジョーは声を大きくしていった。「でなけりゃ、路上で暮らすことになるぞ」

メイベルは顔をくもらせたものの、そのままじっとすわっている。

「あ、ジャック・ファーガソンだ！」ぼんやり窓《まど》の外をながめていたマルコムが、ふいに声をあげた。

「どこに？」ジョーが声高《こわだか》にきく。

「いま、通りかかった」

「うちに来るのか？」

マルコムは首をのばして門のほうを見た。

「らしいな」

みんな、だまりこむ。メイベルは被告人《ひこくにん》みたいに、テーブルのはしにすわっていた。やがて台所から口笛の音がした。犬が起き上がってワンワンと吠《ほ》えたてる。ジヨーはドアをあけ、大声で呼《よ》んだ。

「入れよ!」

すぐに、若《わか》い男が入ってきた。コートの上に紫色《むらさきいろ》のウールのストールを巻《ま》き、ツイードの帽子《ぼうし》を深くかぶったまま立っている。背丈《せたけ》は中くらいで、面長の顔は青白く、疲《つか》れた目をしていた。

「やあ、ジャック! よく来たな、ジャック!」マルコムとジョーは声をはりあげた。フレッドは、「ジャックか」とだけいった。

「調子はどうです?」ジャックは、あきらかにフレッドだけにむかってたずねた。

「変わらんよ。水曜までには出てかなきゃならん。なあ、風邪《かぜ》でもひいたのか?」

「ああ、しかも、こじらせてしまってね」

「うちで寝《ね》てりゃいいじゃないか」

「うちで寝てる? まあ、この脚《あし》で歩けなくでもなれば、そんなこともあるかもしれませんね」ジャックはかすれた声でいった。かすかにスコットランドなまりがある。

「しょうもねえな」ジョーが余計《よけい》な口をはさんでくる。「風邪で喉《のど》をからした医者が、診察《しんさつ》してまわってるんだから。患者《かんじゃ》のほうも、たまったもんじゃない」

ジャックはゆっくりとジョーのほうを見た。

「どこか具合でも悪いんですか？」ジャックは皮肉っぽくたずねた。

「いいや。悪いわけないだろ。なんでそんな縁起《えんぎ》でもねえことをきく？」

「いや、そんなに患者さんの心配をされているってことは、ご自分もどこか悪いのかと思いまして」

「けっ、まさか。やぶ医者の世話になったことはねえし、これからもなるつもりはないね」ジョーがいいかえす。

そのとき、メイベルが立ちあがった。みんな、やっと存在《そんざい》に気づいたようにメイベルを見た。メイベルが皿を片《かた》づけはじめる。ジャックは見ているだけで、声はかけなかった。まだあいさつもしていない。おぼんをもって部屋《へや》を出て行くメイベルは、相変わらず無表情《むひょうじょう》だった。

「それで、みなさんは、いつごろ出発するんですか?」ジャックがたずねた。

「ぼくは十一時四十分のに乗るよ」マルコムが答える。「ジョーは、軽馬車《トラップ》で行くんだっけ?」

「そうさ。さっきそういったばっかだろうが」

「じゃあそろそろ、馬をつないだほうがいいよ。じゃあ、ジャック、元気で。これでさよならかもしれないからね」マルコムはいって、ジャックと握手《あくしゅ》をした。

マルコムが部屋《へや》を出て行き、ジョーもあとにつづいたが、どこか負け犬みたいにしょぼくれて見えた。

「やれやれ、とんだことになったな」ジャックはフレッドとふたりきりになると、声をあげた。「水曜には行ってしまうのか?」

「そうするしかないな」フレッドは答えた。

「どこへ?　ノーサンプトン?」

「そうだ」

「なんてことだ!」ジャックはくやしさをこめていった。

しばらく、ふたりともだまりこむ。

「あと始末《しまつ》はぜんぶ終わったのか?」ジャックがたずねた。

「だいたいね」

ふたたび言葉がとぎれる。

「フレッド、会えなくなるとさみしいよ」ジャックはいった。

「おれだってそうだよ、ジャック」

「ああ、さみしくなるなあ」ジャックはもの思いにふけった。

フレッドは顔をそむけた。もういうべきことはない。そこへ、テーブルの片《かた》づけを終えるためにメイベルが戻《もど》ってきた。

「これからどうされるのですか、ミス・パーヴィン?」ジャックがたずねる。「お姉さんのところへ行くのでしたっけ?」

メイベルはにらみつけるようにじろりと見返した。この目で見られると、前からジャックは落ち着かなくなり、表面的にとりつくろえなくなる。

「いいえ」メイベルはいった。

「なら、一体全体、これからどうするつもりだ？　さっさと答えろ！」フレッドはつめよった。

メイベルは少し顔をそむけただけで、黙々《もくもく》と片《かた》づけている。白いテーブルクロスをたたみ、シェニール織《お》りのクロスを広げた。

「なんて愛想《あいそ》のない女なんだ！」フレッドはぶつぶついった。

それでも、メイベルは顔色ひとつかえずに片づけを終えた。そのあいだずっと、ジャックは興味《きょうみ》深そうに見守っていた。メイベルが部屋《へや》を出ていく。

フレッドはくちびるをぎゅっと結び、青い目にぎらぎらした憎《にく》しみを浮《う》かべ、苦々《にがにが》しそうに眉《まゆ》をひそめて、メイベルのうしろ姿《すがた》をにらみつけていた。

「あいつときたら、煮《に》ても焼いても食えそうもねえ」フレッドは、押《お》しころしたような小さい声でいった。

ジャックはかすかに笑《え》みを浮かべた。

「それにしても、どうするつもりなんだろう?」ジャックがたずねる。

「知るか!」

また、言葉がとぎれる。ジャックは、そわそわし始めた。

「じゃあ、今夜、またってことで」ジャックは口をひらいた。

「ああ。けど、どこにする? ジェスデイルまで行ってみるか?」

「うーん、風邪《かぜ》をひいてるからなあ。いずれにせよ、ムーン・アンド・スターズ亭《てい》に顔を出すよ」

「リジーとメイには、今日のところは待ちぼうけをくわせるな」

「しょうがない。こんな気分じゃね」

「どっちにしてもおなじだ」

ふたりは廊下《ろうか》を通って裏口《うらぐち》へとむかった。大きな家だが、召使《めしつか》いの姿はなく、寒々しい。裏手《うらて》にはれんがを敷《し》きつめた小さな庭があり、そのむこうは、細かい赤い砂利《じゃり》を敷いた広場で、両側に厩舎《きゅうしゃ》があった。厩舎がないほうには、暗くじめじめした冬の野原がなだらかに広がっていた。

厩舎はもうからっぽだった。父のジョセフ・パーヴィンは、無学ながら馬商《ばしょう》として成功した。かつては厩舎に馬があふれかえり、馬と商人と馬丁《ばてい》がしきりに出入りしてにぎやかだった。台所にも、召使《めしつか》いがたくさんいた。けれども、晩年《ばんねん》はどんどん運がかたむいていった。運をとり戻《もど》そうとして、父は再婚《さいこん》までした。その父も亡《な》くなり、あとに残ったのは借金と催促状《さいそくじょう》だけだった。

何か月ものあいだメイベルは、召使いのいなくなったこの大きな家を、役立たずの兄弟たちにかわってなんとか切り盛《も》りしてきた。もう十年も、家のことをとりしきってきた。昔は、けちけちしなくてよかった。まわりがどんなに下品で粗野《そや》でも、財産《ざいさん》があると思えば誇《ほこ》りと自信を保《たも》っていられた。男たちの口が悪くても、台所ではたらく女たちに悪い評判《ひょうばん》がたっても、また、兄弟たちに隠《かく》し子がいても、財産があるかぎり、気持ちを保っていられたし、誇り高くすましていられた。

家を訪《おとず》れるのは商人とがさつな男たちだけだった。姉が嫁《とつ》いでからは、同性《どうせい》の話し相手もいなくなり、友人もいなかった。それでも、気にならなかった。教会にきちんと通い、せっせと父親の世話をした。そして、十四のときに亡《な》くなった愛する母の思い出のなかで生きていた。母に対する気持ちとはちがうが、父のことも愛していた。頼《たの》もしく感じ、そばにいれば安心していられた。しかし、父が五十四歳《さい》で再婚してしまうと、反抗心《はんこうしん》からきつく当たるようになった。その父も亡くなり、手に負えない借金が残った。

貧《まず》しい暮《く》らしのなかで、メイベルはひどく苦しんだ。それでも、この家の人間に根づいている、ふしぎに暗い、動物的な誇りは揺《ゆ》らがなかった。そしてとうとう、このままではいられないときが来た。それでも、自分の身の振《ふ》り方を思いめぐらせようとはしなかった。ただ、これまで通り自身のやり方に従《したが》うまでだ。いつだって、自分の運命は自分で決める。何も考えずに、こつこつと、日々をたえてきた。そもそも、何を考えろっていうの？　人に何をきかれても、答える必要なんてない。終わりは終わり。もう逃《のが》れる道はない。もう、ひと目をさけながら、この小さな町の通りをこそこそ歩く必要もない。店へ入って、いちばん安い品を選んで恥《は》ずかしい思いをする必要もない。すべては終わった。だれのことも、どうでもいい。自分自身のことさえ。何も考えず、ひたすらこのまま、いちばんうつくしい自分に近づいていく。そう思うと、うっとりする思いさえした。すっかり美化された亡《な》き母親に、いよいよ近づいていく。

午後になるとメイベルは、小さな手さげにはさみとスポンジとたわしを入れて、外へ出た。どんよりとした冬らしい日で、深緑の野原がわびしく広がり、近くにある鋳物《いもの》工場の煙《けむり》で空気が黒くにごっていた。足早に暗い顔で土手道を歩き、だれの目も気にせず、町をぬけて教会墓地《ぼち》へむかった。

墓地に来るといつも、だれからも見られていない安心感があった。実際《じっさい》は、塀《へい》の前を通りかかる人の目にさらされていた。それでも、ぼんやりと浮《う》かびあがる大きい教会の影《かげ》のなかに入って、墓《はか》のあいだにいると、もうだれも自分に手出しできないように感じて、墓地の厚い塀が別世界に囲ってくれているような気がした。墓に生えた雑草《ざっそう》をていねいに刈《か》り、ピンクがかった小さな白菊《しらぎく》を、十字架《じゅうじか》をかたどったブリキの花立てに供《そな》えた。そのあと、となりの墓から空の水差しを借りて水をくみ、大理石の墓石《はかいし》と笠石《かさいし》をすみずみまでていねいに洗《あら》った。

こうしていると、心から満足していられる。母のいる世界にじかに触《ふ》れているみたいだ。この上ない幸福につつまれながら、ひたむきに墓の掃除《そうじ》をする。自分と母親とのあいだに、目には見えない密《みつ》なつながりが生まれる気がした。この世界で送っている生活など、母親と結びついている死の世界に比《くら》べれば、まったく現実味《げんじつみ》がない。

この教会のすぐそばに、医師《いし》のジャックの家があった。雇《やと》われの補助医《ほじょい》にすぎないジャック・ファーガソンは、この地域《ちいき》のために身をささげていた。外来患者《がいらいかんじゃ》を診《み》るためにいそいで診療所《しんりょうじょ》に戻《もど》ろうとしているとき、墓地にふと目をやると、メイベルが墓石《はかいし》の掃除《そうじ》をしている。心ここにあらずという顔でせっせと墓を洗《あら》うメイベルの姿《すがた》は、別世界にいるように見えた。謎《なぞ》めいた力が、ジャックのなかにあふれてきた。ジャックは足をゆるめながら、魔法《まほう》をかけられたようにメイベルを見つめていた。

視線《しせん》を感じ、メイベルが顔を上げる。ふたりの目が合う。すぐに目をそらしたが、どういうわけかふたりとも、相手に心を見ぬかれたような気がして、また見つめ合った。ジャックは帽子《ぼうし》をちょこっと持ちあげてみせると、先を急いだ。墓石から顔を上げて不吉《ふきつ》な大きい目でじっと見つめてきたメイベルの姿が、幻《まぼろし》のように、意識《いしき》に焼きついてはなれない。なんて不吉な瞳《ひとみ》なんだ。まるで催眠術《さいみんじゅつ》にかけられたようだ。あの目には、自分のすべてをとらえてはなさない、強い力があった。劇薬《げきやく》をのまされたみたいだ。これまでずっと、やる気もなく、つかれきっていた。それがいま、ふいに活気があふれてきて、いらだたしい日々の暮《く》らしから解《と》き放たれたように感じた。

ジャックは、診療所《しんりょうじょ》での仕事をできるかぎり手早くすませ、並《なら》んで待つ患者《かんじゃ》に急いで安い薬をつめた。それから、やはり大急ぎで、お茶の時間の前にべつの区域《くいき》の患者を往診《おうしん》するため、ふたたび出かけた。日ごろからできるだけ歩くようにしていたが、体調が悪いときはなおさらだ。からだを動かしたほうが回復《かいふく》すると信じていた。

日がだんだんと暮れてきた。どんよりとしてうす暗い寒々しい日だ。湿《しめ》った重苦しい冷気がじわじわとしみこんできて、あらゆる感覚が鈍《にぶ》る。それなのにどういうわけか勘《かん》がはたらいた。ジャックは早足で丘《おか》をのぼり、黒い石炭殻《せきたんがら》を敷《し》きつめた道をたどって、深緑の野原を進んでいった。はるか遠く、浅い窪地《くぼち》の先に、小さな町がある。塔《とう》や、とがった屋根や、背《せ》の低い粗末《そまつ》な家が、くすぶる灰《はい》のように群《む》れていた。いちばん近い町はずれの土地がくぼんだあたりに、パーヴィン家の牧場があった。こちらをむいて斜面《しゃめん》に並んでいる厩舎《きゅうしゃ》や納屋《なや》が、はっきりと見える。ああ、もうあそこにせっせと足を運ぶこともなくなるな。またひとつ楽しみが奪《うば》われ、行きつけの場所が失われていく。どうしてもなじめない、この小さな町で、たったひとり気心の知れた友だちも失おうとしている。残るのは仕事だけだ。炭坑夫《たんこうふ》と鉄工夫の家から家へ、せきたてられるように飛び回るしかない。うんざりするが、自分で望んだ仕事だ。労働者たちの家へ入り、いってみれば生活の奥深《おくふか》くに立ち入ることは、刺激《しげき》になった。神経《しんけい》が興奮《こうふん》し、満足した。荒々《あらあら》しく、正しい言葉もしゃべれない、感情《かんじょう》に身をまかせているだけの人々の生活に、深く入りこめた。口では文句《もんく》をいい、こんな穴《あな》ぐらみたいな住まいにはぞっとするといっていたが、実はそそられていた。荒っぽくて感情の起伏《きふく》の激《はげ》しい人々に接《せっ》すると、神経がじかに刺激された。

牧場の下、じめじめした緑色の、浅い窪地《くぼち》に、四角い深い池があった。あたりをなんとなく見まわしていたジャックは、ふと目をとめた。黒い服を着た人影《ひとかげ》が、野原の木戸をぬけて池へどんどん下っていく。ジャックは目をこらした。メイベル・パーヴィンのように見える。頭のなかを、いろんな考えがかけめぐりはじめた。

メイベルはなぜ、池に行こうとしているんだろう？　ジャックは斜面《しゃめん》の上の小道で足を止めて、よくよく見た。かろうじてわかったのは、夕日に照らされた窪地を黒い小さな人影が動いているということだけだ。うす暗がりのなかなので、まるでふしぎな力を手に入れて、ふたつの目ではなく心の目で見ているように思える。とはいえ、目をこらしさえすれば、はっきりとメイベルの姿《すがた》が見えた。目をそらしたら、せまりくる深くて暗い夕闇《ゆうやみ》のなかで、その姿を永遠《えいえん》に見失ってしまいそうだ。

ジャックはメイベルの動きをじっと目で追った。自分の意志《いし》ではなく何かに導《みちび》かれているように、わき目もふらずにどんどん池へとおりていく。岸に着くと、メイベルは一瞬《いっしゅん》立ち止まった。決して顔は上げない。やがて、ゆっくりと水のなかへ入っていった。

ジャックは、身動きひとつしないで立ちつくしていた。小さな黒い人影は、ゆっくりと用心深く、池の真ん中へと歩いていく。とてもゆっくり、そろりそろりと、波ひとつない池の深みへとむかい、胸《むね》が水に沈《しず》んでもまだ先へと進んでいく。ふいに、静まりかえった夕闇《ゆうやみ》に、姿《すがた》が溶《と》けて見えなくなった。

「まさか！」ジャックは叫《さけ》んだ。「うそだろ？」

ジャックはあわててかけおりた。じめじめした野原を走りぬけ、植物をかきわけながら、ひんやりと暗い冬の窪地《くぼち》へおりていく。やがて、池に着いた。息をはずませながら、岸に立つ。何も見えない。よどんだ水面に目をこらす。そうだ、きっとこの水の下に見える暗い影《かげ》は、黒い服を着たメイベルだ。

ジャックは思い切って、池に入っていった。深く、底はやわらかい粘土《ねんど》で、ずぶずぶ沈《しず》んでしまう。水が、ひどく冷たく脚《あし》にからみつく。動くたびに、腐《くさ》った冷たい泥《どろ》のにおいが立ちのぼって鼻をついた。胸《むね》がむかむかする。それでもかまわずどんどん、深みへと進んでいった。腿《もも》から、腰《こし》、腹部《ふくぶ》まで水が届《とど》く。下半身はもうすっかり、ぞっとするほど冷たい水につかっている。足裏《あしうら》に触《ふ》れる底はとてもやわらかく、不安定で、つんのめりそうでこわい。泳げないのに、倒《たお》れたらたいへんだ。

ジャックは少しかがんで、腕《うで》をひろげて水をかき、メイベルをさぐりあてようとした。ひどく冷たい池の水が、胸元《むなもと》でうねる。手をもっと深いところまでのばし、何度も動かしてさぐった。すると、指先に服が触れた。と思ったら、するっと指のあいだからはなれていく。必死になって、つかもうとした。

するとバランスを失い、水中にたおれてしまった。くさい泥水《どろみず》のなかに沈《しず》んで息ができなくなり、あわてふためいてもがいた。ようやく、永遠《えいえん》とも思える時間がすぎてから、なんとか底に足がついた。水面に顔を出し、あたりを見まわす。あえぎながら、まだ生きていると実感した。水面に目をやると、そばにメイベルが浮《う》かんでいる。服をしっかりつかんで引き寄《よ》せてから、岸のほうをむいて歩いていった。

ゆっくりと、注意深く、集中して一歩ずつ前へ足を運んだ。やがて、だんだん底が浅くなって、岸が近づいてきた。もう脚しか水につかってない。まとわりつくような池の水から逃《のが》れて、ジャックはほっとした。ああ、ありがたい。メイベルを抱《かか》え、よろめきながら、恐《おそ》ろしい灰色《はいいろ》の泥土《どろつち》をぬけだして岸に上がった。

ジャックはメイベルを岸に寝《ね》かせた。意識《いしき》がなく、かなり水をのんでいる。水を吐《は》かせ、必死で息を吹《ふ》き返させようとした。まもなく、ふたたび息をしはじめた。呼吸《こきゅう》が自然になってもまだしばらく、手を動かした。メイベルが生きているのを、手のひらで感じる。意識《いしき》も戻《もど》ってきている。メイベルの泥《どろ》だらけの顔をぬぐい、自分のコートにくるむと、うす暗い灰色《はいいろ》の世界をじっくり見まわした。それからメイベルを抱《かか》えあげて、よろよろと岸をはなれ、野原を歩いていった。

気が遠くなるほど長い道のりに感じられた。背負《せお》っている荷は重く、永久《えいきゅう》にたどり着けないような気さえした。それでもやっと厩舎《きゅうしゃ》の並《なら》ぶ庭にさしかかり、中庭に着いた。ドアをあけ、家のなかへ入る。メイベルを台所の暖炉《だんろ》の前のラグに寝《ね》かせてから、人を呼《よ》んでみた。だれもいないらしい。暖炉の格子《こうし》の奥《おく》で、火だけが燃《も》えていた。

ジャックはひざをついて、メイベルのようすをうかがった。息づかいは規則《きそく》正しく、意識が戻ったように目をひらいているが、まだぼんやりしている。内側は目覚めていても、まわりが見えてないようだ。

ジャックは階段《かいだん》をかけあがって、ベッドから毛布《もうふ》を何枚《なんまい》かとってくると、暖炉にかざしてあたためた。それから、ずぶぬれの泥くさい服を脱《ぬ》がせ、からだをタオルでふいてやり、裸《はだか》のまま毛布にくるんだ。強い酒でもないかと台所へ行くと、ウィスキーが少し残っていた。まず自分がひと口飲んでから、メイベルの口にふくませる。

効《き》き目はすぐにあらわれた。まるで、さっきから見えてはいたのにやっと存在《そんざい》に気づいたように、メイベルは、ジャックの顔をまじまじと見つめた。

「ファーガソン先生？」

「はい？」

ぬれたコートを脱ぎながら、上の階に服をとりにいこうと考えていた。べたべたと粘《ねば》った泥水《どろみず》のにおいがたえきれないし、このままではからだにも悪い。

「わたし、どうしたんでしょう？」メイベルがたずねる。

「池へ入っていったんですよ」熱病にかかったようにからだがぶるぶる震《ふる》えだして、

メイベルの相手をするどころではなくなってきた。けれども、メイベルは視線《しせん》をじっとこちらに注《そそ》いでいる。頭がぼうっとしびれて、力なく見つめかえすしかできない。そのうち震《ふる》えはおさまってきて、それとわからないほどかすかに、でも確実《かくじつ》に、活気が戻《もど》ってきた。

「気を失っていたのかしら？」ジャックから目をそらさないで、メイベルはたずねた。

「おそらく、ほんの少しですが」ジャックは落ち着いてきた。もう力が戻ってきた。得体《えたい》の知れないいらだたしい不安は、もう消えていた。

「まだ頭がおかしいのかしら？」

「まだ？」ジャックはちょっと考えこんだ。「いいえ、そうは見えませんね」思ったとおりに答えて、顔をそむけた。ふいに、こわくなってきた。くらくらして、ぼうっとしてくる。メイベルのほうが、自分よりもずっと力強く、しっかりしている。

メイベルはそのあいだもずっと、目をそらさない。「どこかにかわいた服はありませんか？」

「わたしのために池に飛びこんでくださったの？」

「いいえ、歩いて入ったんです。けっきょく、どっぷりつかってしまいましたがね」

しばらく沈黙《ちんもく》がつづいた。ジャックはためらっていた。すぐにでも上の階へ行って服を着替《きが》えたい。しかし、またべつの欲望《よくぼう》も感じていた。しかも、メイベルに引きとめられているような気がして動けない。意志《いし》が眠《ねむ》りにつくように、どこかへ去っていく。ジャックはメイベルの前に突《つ》っ立ったまま、ぐずぐずしていた。それでいて、心のなかにはあたたかいものがあった。びしょぬれの服がからだにはりついているのに、まったく寒気を感じない。

「でも、なぜそんなことを？」メイベルはたずねた。

「あんなばかなまねをしてほしくなかったからです」

「ばかなまねじゃありません」メイベルは、クッションを枕《まくら》にして床《ゆか》に横たわったまま、まだジャックをじっと見つめている。「するべきことをしたんです。いちばん正しいことだったんです」

「このぬれた服を着替《きが》えてきます」ジャックはいったものの、メイベルが行きなさいといってくれるまでは、その前からはなれる力が出なかった。メイベルの手に自身の生を握《にぎ》られてしまったようで、どうしてもぬけだせない。もしかしたら、自分でもそれを望んでいるのかもしれない。

ふいにメイベルは体を起こした。そしてはじめて、自分が服を着ていないのに気づいた。からだに巻《ま》かれた毛布《もうふ》をさぐり、手足に触《ふ》れる。しばらく、理性《りせい》を失ったように見えた。それから、荒々《あらあら》しい目つきで、何かを探《さが》しているみたいにあたりを見回した。ジャックは恐怖《きょうふ》で立ちつくしていた。メイベルが、自分の服が散らばっているのに気づいた。

「だれが脱《ぬ》がせたの?」ジャックの顔を見すえてじっとそらさずに、メイベルはたずねた。

「ぼくです。介抱《かいほう》するために」

しばらくメイベルはすわったまま、くちびるを少しひらいて、ジャックをおびえたような目で見つめていた。

「じゃあ、わたしを愛してるのね？」

ジャックは魅入《みい》られたように、立ちすくんだままメイベルを見つめていた。魂《たましい》がとろとろに溶《と》けていくようだ。

メイベルはひざ立ちのままゆっくりと近寄《ちかよ》ってきて、両腕《りょううで》をジャックの脚《あし》にまわした。立ちつくすだけのジャックの膝《ひざ》と腿《もも》に胸《むね》を押《お》しつけ、得体《えたい》の知れない衝動的《しょうどうてき》な力でしめつける。腿をぎゅっと抱《だ》きしめると、自分の顔に、喉《のど》に、引き寄せ、はじめて愛を得て勝ち誇《ほこ》るように、打って変わった燃《も》えるようなつつましい目でジャックを見上げた。

「愛してるのね」思い焦《こ》がれるように、勝ち誇るように、自信たっぷりに、メイベルはうわごとのようにささやいた。「愛してるのね。わかったわ、わたしを愛してるのね」

そういってメイベルは、ぬれた服を通してジャックのひざに情熱的《じょうねつてき》なキスをして、さらにとりつかれたように、膝《ひざ》に、脚《あし》に、見さかいなく熱いキスをふりそそいだ。ジャックはメイベルのぬれてもつれた髪《かみ》と、獣《けもの》のようなむき出しの肩《かた》を見下ろしていた。気が動転し、とまどい、恐《おそ》れていた。メイベルを愛しているなどとは、思ったこともない。愛したいと考えたことさえない。助けて意識《いしき》を取り戻《もど》させたのは、あくまでも医師《いし》と患者《かんじゃ》の関係においてだ。思い入れなど、まるでない。こんなふうに個人的《こじんてき》な気持ちをもちこまれるのは、不快《ふかい》で、医師としての名誉《めいよ》を傷《きず》つけられる気がする。こうやって膝に抱《だ》きつかれているのは、おぞましい。息が詰《つ》まりそうだ。ぞっとするほど、いやだ。それなのに、逃《のが》れる力が出ない。

メイベルはまたしても、力強い愛で訴《うった》えかけ、理解《りかい》しがたいぞっとするような勝ち誇《ほこ》った目をして、ジャックを見上げた。その顔から光が放たれるように、熱い炎《ほのお》を感じる。ジャックはもはや、無力だった。いままで一度も、メイベルを愛そうと思ったことはない。そんな気を起こしたこともないのに。何かかたくななものが、どうしても自分のなかから出て行こうとしない。

「わたしを愛してるのね」夢中《むちゅう》になってうわごとのように、メイベルはくり返した。

「愛してるのね」

メイベルは両手でジャックを引きたおそうとしていた。ジャックはおそろしくなり、ぞっとした。メイベルを愛する気など、まったくない。けれどもメイベルは、しきりに引き寄《よ》せようとしてくる。ジャックは倒《たお》れないように手をのばし、とっさにメイベルのむき出しの肩をつかんだ。やわらかい肩に触《ふ》れた手が、炎で焼かれたように熱くなる。メイベルを愛する気などない。ぜったいに屈《くっ》してはならない。ジャックの意志《いし》は必死に抵抗《ていこう》していた。そんなこと、おそろしくてぞっとする。けれどもメイベルの肩の感触《かんしょく》はすばらしく、顔はうつくしく輝《かがや》いている。もしかして、正気じゃないのか？　ここで屈するなんて、ぜったいにいやだ。けれども、心のなかで何かがうずく。

ジャックは目をそらして、ドアのほうを見つめつづけていた。手は、メイベルの肩《かた》においたままだ。ふいに、メイベルが動きを止めた。ジャックはメイベルを見た。不安と疑《うたが》いで目を大きく見ひらいている。顔から輝《かがや》きは消え、暗い色の影《かげ》が戻《もど》っていた。問いかけてくるような目と、その問いの裏《うら》にある絶望《ぜつぼう》の色に、もはやジャックはたえられなくなった。

心の内でうめき声をあげながら、ジャックは屈服《くっぷく》し、心のおもむくまま、メイベルにひきつけられていった。ジャックの顔に、ふわっとやさしい笑《え》みが浮《う》かぶ。すると、ジャックから一度もはなれなかったメイベルの目に、ゆっくり、じんわりと、涙《なみだ》があふれてきた。ひっそりと泉《いずみ》がわき出るように、涙がメイベルの目に満ちあふれていくのを、ジャックは見ていた。胸《むね》が熱くなり、心臓《しんぞう》が溶《と》けていくような気がする。

もう、メイベルを見ていられない。がくっと膝《ひざ》をつき、メイベルの頭を腕《うで》にかかえ、喉元《のどもと》に顔を押《お》しつけた。メイベルはじっとしていた。もうくだけてしまったように思えるジャックの心臓は、胸のなかで、じりじりと焼けつくようだ。すると、ゆっくりと熱い涙が自分の襟《えり》もとをぬらすのを感じた。それでも、身動きできない。熱い涙で首と喉元がぬれるのを感じながら、ジャックは、人間の永遠《えいえん》なるもののひとつのなかで、じっと動かずにいた。いまになって、メイベルの顔を自分の顔に押しつけずにはいられなくなった。もうはなせない。きつく抱《だ》きしめたメイベルの頭を引きはなすことなどできない。自分にとって生そのものである痛《いた》みに心がうずきながらも、永遠にこのままでいたいと願った。知らず知らず、メイベルの湿《しめ》ったやわらかい茶色の髪《かみ》を見つめていた。

すると、ふい打ちのように、泥水《どろみず》のよどんだいやなにおいが鼻をついた。同時に、メイベルはからだをはなしてジャックを見つめた。切ない、底知れない目だ。ジャックはその目がこわくて、自分でも何をしているのかわからないまま、メイベルにキスをしはじめた。目のなかにあるあのつらそうな、何かいいたげな、測《はか》りがたい光を見たくない。

ふたたびメイベルがジャックのほうをむいたとき、顔にほんのりと赤みがさし、目はまたあのおそろしい喜びで輝《かがや》いていた。ジャックはおびえながらも、またその光を見たいと望んでもいた。あの疑《うたが》いの目つきのほうが、見るにたえない。

「わたしを愛してるの?」メイベルはおずおずといった。

「そうだ」この言葉を口にするのは、痛《いた》みをともなった。うそだからではない。あまりにもあたらしい真実で、そう告げることは、すでに引き裂《さ》かれた心がさらにずたずたになるような気がした。それにいまもなお、真実であってほしくなかった。

メイベルの顔がこちらにむくと、ジャックはかがみこんでそっとキスをした。永《えい》遠《えん》の誓《ちか》いのように、やさしく、一度だけ。キスをしながら、胸《むね》がふたたびぎゅっとしめつけられた。メイベルを愛するつもりなど、ない。けれども、もう手遅《ておく》れだ。メイベルのいる側へ、境界線《きょうかいせん》を越《こ》えてわたってしまった。あとに残してきたものは、すべてしぼんで、うつろになってしまった。

キスのあと、またメイベルの目に涙《なみだ》がじわじわとあふれた。メイベルはジャックからはなれ、顔をそむけてうつむき、両手をひざの上に組んだままじっとすわっていた。涙がゆっくりと、ほおを伝っていく。部屋に沈黙《ちんもく》が流れる。ジャックも暖炉《だんろ》の前の敷物《しきもの》の上に、身動きもしないでだまってすわっていた。胸が裂けたようなふしぎな痛みに食いつくされるようだ。メイベルを愛しているのか？　これが愛なのか！　こんなふうに胸をえぐられるとは！　この、医者である自分が！　まわりに知られたら、あざけられるだろう。そう思うと、苦しくなった。

そんなことを考えながらふしぎに生々しい苦痛《くつう》を覚え、ジャックはふたたびメイベルを見つめた。もの思いにふけって、沈《しず》んでいるようだ。涙がほおを伝っている。ジャックの胸は熱くなった。ふと見ると、メイベルの片方《かたほう》の肩《かた》と片腕《かたうで》がむき出しになっている。暗くなってきた部屋《へや》のなかでぼんやりと、片方の小さな乳房《ちぶさ》も見えた。

「どうして泣いているんです？」ジャックは、さっきまでとはちがう声でたずねた。

顔を上げたメイベルは、涙を通してはじめて自分の置かれた状況《じょうきょう》が見えたように、目に恥《は》じらいの暗い色を浮《う》かべた。

「いいえ、泣いてなんかいません」おびえたような目でじっとジャックを見つめている。

ジャックは手をのばし、あらわになった腕《うで》をそっとつかんだ。

「愛している！　あなたを愛しているんだ！」ジャックは、自分のものとも思えない、静かで低い、ふるえる声でいった。

メイベルは身をすくめて、うなだれた。ジャックが自分の腕をそっと突《つ》き刺《さ》すようにつかんでいるのに、とまどいを覚える。メイベルは顔を上げ、ジャックを見つめた。

「上に行ってきます。上に行って、乾《かわ》いた服を取ってきます」

「どうして？　ぼくなら平気です」

「でも、行きたいんです。着替《きが》えてほしいの」

ジャックが手を放すと、メイベルは毛布《もうふ》にしっかりとくるまり、おびえたような目でジャックを見た。まだ立ち上がろうとはしない。

「キスして」思いこがれるような声でいう。

ジャックはキスしたが、怒《おこ》っているみたいに、すぐにくちびるをはなした。するとすぐに、メイベルは毛布にすっぽりくるまったまま、おずおずと立ちあがった。まごつきながら毛布をからだに巻《ま》き直すのを、ジャックはじっと見ていた。その容赦《ようしゃ》ない視線《しせん》に、メイベルも気づいていた。毛布を引きずって歩き出すとき、メイベルの白い足とふくらはぎがちらりとひらめいた。ジャックは、さっき毛布にくるんでやったときのメイベルの姿《すがた》を思い出そうとした。でも、すぐに思い直してやめた。あのときはまだ、自分にとって何でもない存在《そんざい》だった。そのときの姿を思いだすのは、主義《しゅぎ》に反する。

暗い家のなかに、ばさばさと鈍《にぶ》い音がして、ジャックはぎくっとした。すると、メイベルの声がきこえた。「服があったわ」ジャックは立ち上がって階段《かいだん》の下まで行き、メイベルが放ってよこした服を拾った。暖炉《だんろ》の前に戻《もど》ると、体をふいて服を着た。すっかり着替えた自分の姿を見て、少し苦笑した。

暖炉の火が消えかかっていたので、ジャックは石炭をくべた。家のなかは、もう真っ暗だ。かすかに、ヒイラギの木立《こだ》ちのむこうから街灯《がいとう》の明かりが差しこんでくる。暖炉《だんろ》の上に見つけたマッチで、ジャックはランプをつけた。それから自分の服のポケットの中身をあけると、ぬれたものをまとめて、洗《あら》い場に投げこんだ。それから、メイベルのずぶぬれの服をそっと拾い集め、洗い場の台の上にもうひとつ山をつくった。

置き時計は六時を指している。もっていた懐中《かいちゅう》時計は止まっていた。診療所《しんりょうじょ》へ戻《もど》らなければ。ジャックはしばらく待ったが、メイベルは下りてこない。階段《かいだん》の下から、呼《よ》びかけた。

「もう行かなくちゃいけない」

すぐに、メイベルが階段を下りてくる足音がした。いちばん上等な、黒の透《す》けるように薄《うす》い生地のドレスを着ている。髪《かみ》はきれいにとかしてあったが、まだ湿《しめ》っている。メイベルはジャックを見た。そして思わず、ほほ笑《え》んだ。

「着せる服、それじゃなかったわね」

「変ですか？」

ふたりとも、なんとなくはにかんでいた。

「お茶をいれます」メイベルがいう。

「いや、もう行かなくちゃ」

「どうしても？」メイベルは、またしてもあの大きな、はりつめた、疑《うたが》いの目でジャックを見つめた。そしてまたしてもジャックは胸《むね》がうずいて、自分がどれほどメイベルを愛しているかを知った。そばへ行って身をかがめ、やさしく、熱く、胸のうずきをこめるようにキスをした。

「わたしの髪、ひどいにおいね」メイベルは取り乱《みだ》した。「ひどいわ、わたし、ひどすぎるわね！」ふいにメイベルは、胸がはりさけたようにすすり泣きはじめた。

「あなたに愛してもらえっこないわ。こんなにひどいんだもの」

「そんなことない。ばかをいうな」メイベルを落ち着かせようと、ジャックはキスをして、抱《だ》きしめた。「きみが欲《ほ》しい。結婚《けっこん》したいんだ。結婚しよう。すぐに。できるだけ早く。いっそ明日にでも」

それでもメイベルは、すすり泣くばかりだった。

「こわいの。わたし、こわいの。わかるんだもの、ひどいって思われてるのが」

「いいや、きみが欲《ほ》しいんだ」ジャックはひたすらくり返した。そのせっぱつまった口調は、いずれ愛されなくなる不安より、メイベルをおびえさせた。

乗車券を拝見します

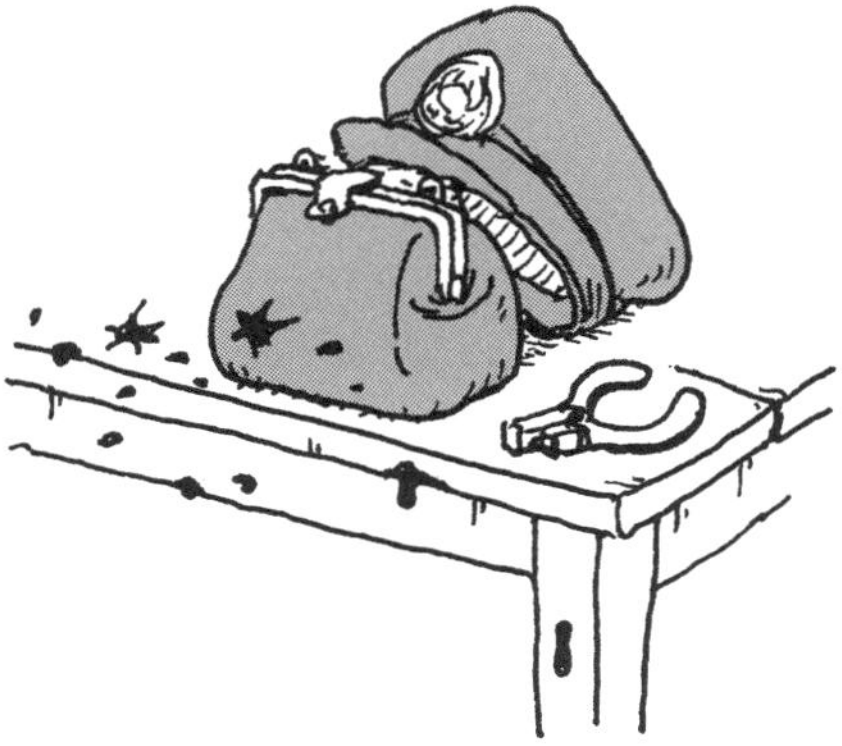

Tickets Please

イングランド中部を、単線の路面電車が走っている。州都《しゅうと》をどんどんはなれ、暗い工業地帯にとびこむと、丘《おか》をのぼり谷をくだり、労働者の家が立ち並《なら》ぶ細長い村をぬけ、運河《うんが》や鉄道をこえ、煙《けむり》や暗がりの上に気高《けだか》くそびえたつ教会をすぎ、がらんと寒々《さむざむ》しい小さな市場をぬけ、映画館《えいがかん》や商店街を突《つ》っ切って、炭鉱《たんこう》のある盆地《ぼんち》へかけおり、またかけのぼり、いなかの小さい教会をすぎ、トネリコの林をくぐりぬけ、一気に終点へとむかう。そこは、うす汚《よご》れた工業地帯の最後の拠点《きょてん》で、うす暗いいなかの土地のはずれにある、寒さにふるえているような町だ。終点に着くと、緑色とクリーム色の電車はほっとひと息ついているように見える。けれども、その数分後には、卸売《おろしう》り組合の時計塔《とけいとう》がときを告げると、また冒険《ぼうけん》の旅に出る。またしても、ループ線でバウンドしながら、どんどん下り坂を急降下《きゅうこうか》して、丘の上の市場で凍《こご》えるような待機をさせられ、教会の下のけわしい急な坂を、息もつかずにすべりおりていく。それからまた、ループ線の上で、こちらにむかってくる電車を、しんぼう強く待つ。こんなことが二時間もつづき、ついに市街地が大きくふくらんだガスタンクのむこうに姿《すがた》を見せ、群《む》れて立ち並ぶ工場が近づき、都会のくすんだ大通りに入り、ふたたび終点へとすべりこむ。深紅《しんく》とクリーム色をした市電に、引け目を感じているみたいに、それでもさっそうとして、きびきびと、ややむこうみずでもある。炭鉱の黒い庭に芽《め》を出した、パセリの新芽のように、生き生きとしている。

こんな電車に乗るのだから、いつも冒険みたいなものだ。戦時中なので、運転士は軍務《ぐんむ》に適《てき》さない、脚《あし》や腰《こし》に故障《こしょう》を抱《かか》えた男たちだった。みんなもともと無謀《むぼう》なところがあるので、走行は障害物《しょうがいぶつ》競走になる。どうだ！　運河の橋なんかひとっ飛びだ。今度は四車線の交差点を悲鳴《ひめい》をあげながら火花を散らしてかけぬける。たしかに、電車はよく脱線《だっせん》した。だけど、それがどうした？　じっとしてれば、ほかの電車が来て引きだしてくれる。よくあることだが、人々をぎっしりつめこんだ電車が夜遅《よるおそ》く、どこかもわからない真っ暗闇《くらやみ》で急停車したかと思うと、運転士と女性《じょせい》の車掌《しゃしょう》が大声で知らせる。「みなさん、おりてください！　電車が火事です！」乗客たちはあわてて飛びだすどころか、のらりくらりと返事をする。「さっさと出発しろ！　おりないぞ。このまま、動かない気か？　さあ、ジョージ、行けよ」ほんとうに炎《ほのお》が見えるまで、こんな調子だ。

こんなにおりるのをいやがるのは、夜になるとものすごく寒くて真っ暗で風が強いので、電車が避難所《ひなんじょ》みたいなものだからだ。炭鉱夫《たんこうふ》たちは村から村へと、あたらしい映画《えいが》や女やパブを求めて移動《いどう》する。どの電車も、ひどい混雑《こんざつ》だ。好《す》き好《この》んで真っ暗闇のなかに出ていく者などひとりもいない。一時間かそこら、つぎの電車を待ち、やっと来たら故障《こしょう》だか何だかで「回送」なんて表示されていたら、たまったもんじゃない。または、これ以上人を乗せられないほどぎゅうぎゅう詰《づ》めの三両連結の電車があざ笑うように楽しそうに走り去っていくのなんて、見たくない。路面電車は、ひたすら夜を走っていく。

この、イギリスでもっとも危険《きけん》な路面電車は、当局もはっきり宣言《せんげん》しているように、車掌はみんな若《わか》い女の子で、運転士は少しからだが不自由なむこうみずな男か、こわがってのろのろ運転をするきゃしゃな若い男だ。車掌の女の子はみんな、明るくてこわいものなしだ。見栄《みば》えのよくない青い制服《せいふく》を着ている。スカートはひざ丈《たけ》で、ひさしのある古くさい帽子《ぼうし》をかぶって、ベテラン下士官《かしかん》のようにどっしりかまえている。車内で炭鉱夫たちが声をはりあげ、下の階では讃美歌《さんびか》、上の階では下品なかけあいがひびいていても、女の子たちは落ち着き払《はら》っている。切符《きっぷ》を切らずにすませようとする若者《わかもの》がいたら、ただじゃおかない。区間を過《す》ぎたらすぐさま、車外に追いだす。この車掌たちにかかったら、ごまかしはいっさい通用しない。こわいものなしで、逆《ぎゃく》にみんなからこわがられている。

「やあ、アニー！」

「あら、テッド！」

「おい、おれの魚の目を踏《ふ》まないでくれよ、ミス・ストーン。また踏むなんて、石《ストーン》の心臓《しんぞう》でも持ってるんじゃないのか」

「そんなに大事なら、ポケットにでもしまっておけばいいでしょ」アニー・ストーンは切り返す。そして、ブーツをこつこついわせて上の階へと行く。

「乗車券《じょうしゃけん》を拝見《はいけん》します」

アニーは、いつも自分が先手をとろうとしっかり目を光らせている。相手が何人いようとも、自分を保《たも》っていられる。電車のステップは、アニーの戦場だ。

そんなふうだから、この電車のなかで、野性的《やせいてき》な恋愛《れんあい》が生まれる。たくましいアニーの心のなかにさえ。朝のうちは、まだおだやかだ。市場が立つ日と土曜日はべつとして、十時から一時くらいまでは仕事がそれほどいそがしくない。アニーにもまだ、まわりを見まわす時間がある。そんなときは電車を飛びおり、運転士が大通りでおしゃべりをしているすきに、前から目をつけていた店に行ってみる。車掌《しゃしょう》と運転士の関係は、とてもうまくいっていた。危険《きけん》を共にする仲間のようなもので、どちらも、荒《あ》れ狂《くる》う波のような大地のうねりにどこまでも揺《ゆ》られながらかけぬけていく、路面電車の乗組員だ。

しかもこの落ち着いた時間帯は、検査係《けんさがかり》がよくあらわれる。どういうわけか、この会社の従業員《じゅうぎょういん》はみんな若《わか》い。歳《とし》をとっていては、役に立たない。だから検査係もそれなりに若く、とくに主任《しゅにん》は顔だちも整っている。この主任が雨のどんよりした朝、レインコートを着て、ひさしのある帽子《ぼうし》を深くかぶり、電車に乗りこもうとしていると、とてもさまになる。顔色がよく、茶色いちょびひげが雨にぬれ、大胆不敵《だいたんふてき》な笑《え》みを浮《う》かべている。背《せ》がすらっと高くて身のこなしが軽く、電車にぱっと飛びのってアニーに声をかける。

「やあ、アニー！　雨は入ってこないか？」

「入らないようにしてるわ」

電車のなかには、ふたりしかいない。検査はすぐに終わる。そのあと、遠慮《えんりょ》のない気楽なおしゃべりがえんえんとつづく。

この検査主任《けんさしゅにん》は、ジョン・トマス・レイナーという名前だが、たいていジョン・トマスと、たまにからかわれて「コディ」と呼《よ》ばれていた。男の性器《せいき》を意味するそんなあだ名で呼ばれると、ジョンは顔を真っ赤にして怒《おこ》る。ジョン・トマスには、あちこちの村でいろんなうわさがあった。朝のうちにくどいておいた車掌《しゃしょう》の女の子が暗くなってから車庫で電車をおりるとき、誘《さそ》って連れだす。もちろん、すぐに仕事をやめる女の子も多い。そうなると、ジョンはあたらしい女の子をくどく。かわいい子ばかりで、しかも相手が誘いを断《ことわ》らないとわかっている。とはいえ、若《わか》くてきれいな女の子がみんな、毎日電車に乗っているうち、船乗りのように威勢《いせい》がよくて怖《こわ》いもの知らずになるのは、びっくりだ。船が港にいるときは、何をしようと問題ではない。明日はまた、船の上だ。

ところがアニーは、口が悪くて手に負《お》えないところがあり、何か月もジョン・トマスにつけ入るすきを与《あた》えなかった。ジョンは負けずににこにこしながらくどいてきた。そのせいでアニーは、よけいジョンを好きになってしまった。ジョンが女の子たちをつぎつぎと自分のものにしていくのを、アニーはじっと見守っていた。朝になるといいよってくるジョンの口や手のうごきから、前の晩《ばん》にどの女の子を連れだしたのか、当てられた。なんて調子のいいやつ。わたしは、すべてお見通しなのよ。

こんなふうに何気なく対立しているうちに、ふたりは古い友人みたいに相手のことがわかるようになり、夫婦《ふうふ》みたいに理解《りかい》し合うようになった。それでもアニーは、ジョンを必要以上に近づかせなかった。しかも、つきあっている相手もいた。

ベストウッドの街では、十一月に祭りがあった。たまたまアニーは、祭りのある月曜日の晩が休みだった。雨がしとしと降《ふ》るいやな天気だったけど、おしゃれをして祭りに出かけた。ひとりだけど、すぐに友だちに会えるだろうと思っていた。

回転木馬が音楽に合わせてぐるぐるまわり、いろんなところでにぎやかに催《もよお》しが行われていた。ココナツ落としと銘《めい》うった射的《しゃてき》の露店《ろてん》には、ほんもののココナツではなく偽物《にせもの》が置かれ、しかも若者《わかもの》たちのうわさでは鉄線でくくりつけてあるらしい。

ぜいたくさも、きらびやかさも、戦時中なのでおさえられている。それでも、ぬかるんだ会場はあいかわらずごった返していて、人々の顔が炎《ほのお》や電灯《でんとう》に照らしだされてひしめきあい、油やポテトや電気のにおいがただよっていた。

見世物小屋でアニーに声をかけてきたのは、よりによってジョン・トマスだった。黒いコートのボタンをあごのところまでぜんぶとめて、ツイードの帽子《ぼうし》を目深《まぶか》にかぶり、いつものように顔色がよくにこにこしている。もう何度もこうやって声をかけられている。

男の連れができて、アニーはうれしかった。ひとりでいても、ちっとも楽しくない。すぐにジョンはプレイボーイぶりを発揮《はっき》して、ローラーコースターに乗せてくれた。正直、路面電車ほどのスリルはない。それでも、緑色のドラゴンの形をしたコースターに乗って、表面が泡立《あわだ》つ海のような水の上に引きあげられ、低い空をがたごとと揺《ゆ》られながら走り、くわえ煙草《たばこ》のジョンが寄《よ》りかかってくるのは悪くなかった。アニーは、ふっくらして活発な元気のいい女の子で、すっかりうれしくなって、大はしゃぎした。

アニーは引きとめられて、会場をもう一周した。ジョンが腕《うで》を回してそっとやさしく抱《だ》き寄せてきたとき、恥《は》ずかしくてはねつけられなかった。しかも、ジョンはとても慎重《しんちょう》に、ほとんどわからないように動いた。アニーがちらっと下を見ると、ジョンは血色のいいきれいな手を、ほかの人から見えないようにかくしている。しかも、ふたりはすっかり気心が知れていたので、お祭りの雰囲気《ふんいき》に気持ちも盛《も》りあがった。

ドラゴンのコースターのあと、木馬に乗った。ジョンがいちいちお金を出すので、アニーはいわれるままになるしかない。ジョンは当然のように外側のブラック・ベスという名前の馬にまたがり、アニーは内側のワイルドファイヤーという名前の馬に、ジョンのほうをむいて横向きに腰《こし》かけた。ふたりは明かりのなかを、上下しながらぐるぐる回った。もちろんジョンは、ただおとなしく真鍮《しんちゅう》の棒《ぼう》をにぎってブラック・ベスに乗っているつもりはない。くるりと向きをかえると、片足《かたあし》をアニーの馬の上にかけて、二頭の馬のあいだであぶなっかしくバランスをとり、のけぞりながらアニーに笑いかけた。なんて幸せなんだ。アニーのほうも、帽子《ぼうし》がずり落ちそうなのを気にしつつ、楽しんだ。

ジョンは輪投げをして、帽子をとめるための水色の大きなピンをふたつ、アニーにとってやった。すると、映画館《えいがかん》からつぎの上映《じょうえい》を知らせる呼《よ》びこみの声がしてきたので、ふたりは木の踏《ふ》み段《だん》をのぼってなかに入った。

もちろん上映中《じょうえいちゅう》にも、機械の故障《こしょう》で真っ暗になることがたまにある。そういうときは、わーっとはやし立てる声や、キスをまねたチュッという音がひびく。暗くなったとき、ジョンはアニーを抱《だ》き寄《よ》せた。なんといってもジョンは、女の子を腕《うで》にすっぽりつつんで、あったかく気持ちよくさせる方法を知っている。そしてなんといってもアニーのほうも、そうやって抱かれるのは心地《ここち》よかった。心が落ち着くし、うっとりと気持ちいい。ジョンがかがみこむ。アニーはジョンの息が髪《かみ》にかかるのを感じて、くちびるにキスをしたがってるのを感じた。なんたって、ジョンはやさしいし、わたしも一緒《いっしょ》にいてしっくりくる。なんたって、わたしもくちびるに触《ふ》れてほしい。

ところがそのとき明かりがぱっとついて、アニーもはっとして帽子をまっすぐに直した。ジョンはなんてことないみたいに腕をまわしたままでいる。ええ、たしかに楽しいわ。ジョン・トマスと一緒にお祭りに来られて、すごく楽しい。

映画が終わると、じめじめした暗い野原を散歩した。ジョンは、くどくのがうまく、女の子の扱《あつか》いを心得ていた。霧雨《きりさめ》のふる真っ暗な夜に踏み段の上に並《なら》んですわり、ジョンは自分があったまるのも満足するのもぬきにして、アニーを抱きしめていた。ジョンのキスはやわらかく、ゆるやかで、繊細《せんさい》だった。

こうしてアニーはジョン・トマスとつきあいだし、ボーイフレンドには、そっけなくするようになった。車掌《しゃしょう》仲間のなかには、よく思わない女の子もいた。けれども、この世のなか、あるがままを受けいれるしかないときもある。

アニーがジョンをものすごく好きなのは、疑《うたが》いようがなかった。ジョンがそばにいるといつも、あたたかくて満たされた気持ちになる。ジョンのほうもアニーを大好きになってしまった。いままでとはちがっていた。アニーそのものが自分の骨《ほね》の芯《しん》まで溶《と》けこんで流れこんでくるような、やわらかくとろける感触《かんしょく》は、いままでになくすばらしいものだった。ジョンは、その感覚をたっぷり味わっていた。

つきあいが深くなるにつれて、親密《しんみつ》さも増《ま》してきた。アニーは、ジョンをひとりの人間、ひとつの人格《じんかく》をもった人間として、考えるようになった。ジョンに知的な興味《きょうみ》がわいてきて、自分も知的な目で見られたくなった。このままでは、からだだけが目的になってしまう。そんなふうにはなりたくない。ジョンが自分からはなれられるわけがないという自信もあった。

ここに、アニーの誤算《ごさん》があった。ジョン・トマスは、からだだけのつながりでいるつもりだった。それ以外に個人的《こじんてき》な関係をもつつもりはなかった。アニーが自分と自分の生活や性格《せいかく》に知的な興味を持ちはじめると、すーっと冷《さ》めてきた。知的な興味など、まったく必要ない。そんなものをもたせないには、そこからはなれるし

「知らないわ」ノーラが答える。

「うそばっか」アニーは、ついつい気安い口調《くちょう》になっていた。「知ってるくせに」

「そうよ、知ってるわ。わたしじゃないわよ。だから、ほっといて」

「シシー・ミーキンでしょ?」

「たぶんね」

「なんて恥知《はじし》らずなの。厚《あつ》かましいったらないわ。今度いいよってきたら、ステップから突《つ》き落としてやる」

「いまにひどい目にあうでしょうよ」

「ええ、そうね。だれかがあの男に思い知らせてやろうと思う日さえ来れば。あいつの自信がずたずたにされるのを見たいもんだわ。見たくない?」

「悪くないわね」

「あなただって、わたしに負けずにそう思ってるはずよ。そのうちほんとうに、やっつけてやりましょう。どう? やっつけたくない?」

「いいわね」

内心、ノーラはアニーよりも復讐心《ふくしゅうしん》に燃《も》えていた。

ひとりずつ、アニーはジョンがつきあったことのある女の子と話をしてまわった。ちょうどそのころ、シシー・ミーキンがまだ入ったばかりなのに会社をやめた。母親にやめさせられたらしい。それでジョンは、つぎの相手をさがしだした。いままでつきあってきた女の子たちを見渡《みわた》してみる。そして、アニーに目をつけた。そろそろ落ち着いただろうと思ったし、やっぱり、アニーが好きだった。

アニーは日曜日の夜、ジョンと一緒《いっしょ》に帰ることにした。たまたま担当《たんとう》の電車が九時半に車庫に入ることになっていた。終電が来るのは十時半だ。ジョンは、車庫でアニーと待ち合わせした。

車庫には、車掌《しゃしょう》専用の小さい控《ひか》え室があった。散らかっていたけれど居心地《いごこち》がよく、ストーブも炉《ろ》も鏡もあり、テーブルがひとつと木のいすがいくつか置いてあった。この日曜の午後は、ジョンのことをあまりにもよく知っている六人の女の子が出勤《しゅっきん》することになっていた。電車が車庫に戻《もど》りはじめると、女の子たちがどんどん控《ひか》え室に集まってくる。みんな、すぐに家に帰らずに、ストーブをかこんでお茶をのんだ。外は真っ暗で、戦時中ならではの無法の世界が広がっている。

ジョンが十時十五分ごろ、アニーのつぎの電車に乗ってきた。なれなれしく女の子たちの集まる控え室に顔を出して、たずねる。

「お祈《いの》りの会でもしてるのかい?」

「そうよ。女だけのね」ローラ・シャープがいう。

「おお、いいねえ!」ジョンはいった。よく口にする相づちだ。

「ドアを閉《し》めてちょうだい」ミュリエル・バガリーがいう。

「混《ま》ぜてくれるのか?」

「お好きにどうぞ」ポリーがいう。

ジョンは入ってきて、うしろ手にドアを閉めた。女の子たちが輪をくずして、ストーブの前にジョンの場所をつくってやる。ジョンは長いコートを脱《ぬ》いで、帽子《ぼうし》を押《お》しあげた。

「お茶の係りはだれだ？」

ノーラがだまってジョンにお茶をいれた。

「あたしが持ってきたパンをソースにひたして食べる？」ミュリエルがたずねる。

「ああ、もらおうかな」

そして、ジョンはパンを食べ始めた。

「わが家に勝《まさ》るところはなし、って気分だなあ」ジョンはいった。

女の子たちは、調子に乗って図々《ずうずう》しい口をききはじめたジョンを、いっせいに見つめた。たくさんの女の子にかこまれて、すっかりいい気になってるらしい。

「真っ暗な道を通ってわが家に帰るのがこわくなければね」ローラがいう。

「いやあ、ひとりじゃこわいなあ」

女の子たちは、最終電車が入ってくる音がするまで、じっとすわっていた。すぐに、エマ・ハウスレーが入ってきた。

「おかえりなさい!」ポリー・バーキンが声をあげる。

「あー、寒い寒い」エマは、ストーブに手をかざした。

「あたしもこわいな。暗い道を通っておうちに帰るなんて」ローラが、ふと頭に浮《う》かんだ歌詞《かし》をもじってうたうようにいった。

「ジョン・トマス、今夜はだれと一緒《いっしょ》に帰るの?」ミュリエルが、冷ややかにたずねた。

「今夜か? いや、今夜はひとりで帰るよ。まったくのひとりぼっちだ」

「おお、いいねえ!」ノーラが、ジョンの口癖《くちぐせ》をまねた。

女の子たちは、けらけらと笑った。

「ああ、ノーラ、いいねえ」ジョンがいう。

「ちょっと、ばかにしてんの?」ノーラがつっかかる。

「さてと、そろそろ帰るとするかな」ジョンは立ちあがって、コートを取ろうと手をのばした。

「だめよ」ポリーがいう。「あたしたち、あんたを待ってたんだから」

「明日も朝早くから仕事だぞ」ジョンは、やさしい上司《じょうし》の口調《くちょう》でいった。

女の子たちが、げらげら笑う。

「だめよ」ミュリエルがいう。「あたしたちを置いていかないで、ジョン・トマス。ひとり連れてってよ！」

「よかったら、全員を連れていこうか」ジョンは、ていねいに答えた。

「そういうわけにはいかないわ」ミュリエルがいう。「ふたりはよい連れ、三人は仲間割《なかまわ》れ、ってことわざがあるでしょ？　七人なんて、ぶちこわしもいいとこよ」

「さあ、ひとり選びなさい」ローラがいった。「公平に、正々堂々とね。だれを選ぶのか、はっきりしなさい」

「そうよ」アニーがやっと口をひらいた。「選びなさい、ジョン・トマス。さあ、いうのよ」

「いや、今日はおとなしく帰るよ。めずらしくいい気分なんでね」

「どこへ帰るっていうの？　ひとり、連れていきなさいよ。このなかから、ひとり選ぶのよ！」アニーが声をはりあげた。

「むりだ、ひとりなんて選べないよ」ジョンは、不安そうに笑っていった。「敵《てき》をたくさんつくりたくないからね」

「あら、敵ならひとりしかつくらないわよ」アニーがいう。

「そうそう、選ばれた子ひとりが敵よ」ローラもいう。

「おいおい、みんな、どうしたっていうんだ？」ジョンは、逃《に》げだそうとしてるみたいにむこうを向いた。「じゃ、おやすみ」

「だめ。選べっていってるでしょう」ミュリエルがいう。「壁《かべ》のほうを向いて。これから、だれが背中《せなか》を触《さわ》ってるか、当てるのよ。さあ、ちょっと背中に触るだけだから。このなかのひとりよ。さあ、早く、壁のほうを向いて。振《ふ》りかえっちゃだめよ。だれが触ってるか、当てるの」

ジョンは、なにがなんだかわからなくて不安だった。けれども、逃げだす勇気はない。女の子たちはジョンを壁のほうに押《お》しやり、背をむけて立たせた。そのうしろで、けらけら、くすくす、笑った。ジョンったら、かっこ悪い。ジョンが不安そうに振りむく。

「さっさとやれよ！」

「こっちを見ちゃだめっていったでしょ。前を向きなさい！」女の子たちが叫《さけ》ぶ。

ジョンが壁のほうを向いた。すると身軽なねこのように、アニーがぱっと進み出てジョンの横っ面をはたいた。帽子《ぼうし》がふっとんで、ジョンはよろめいた。そして、きょろきょろした。

アニーの合図で、女の子たちはいっせいにジョンに飛びかかった。はたいたり、つねったり、髪《かみ》を引っぱったり。憎《にく》しみや怒《いか》りではなく、おもしろがっている。ジョンはかっとなった。青い目を、怒りと同時にわけのわからない恐怖《きょうふ》で燃《も》えたたせ、女の子たちを振りはらってドアにむかって走った。ドアにはかぎがかかっている。ジョンはがちゃがちゃさせた。女の子たちは、ここぞとばかりにジョンをとりかこんで、にらみつけた。ジョンは追いつめられて、女の子たちのほうを向いた。その瞬間《しゅんかん》、短い制服《せいふく》を着た女の子たちは恐怖《きょうふ》でしかなかった。はっきりと、こわいと感じた。

「さあ、ジョン・トマス！　さっさと選ぶのよ！　さあ！」アニーがいう。

「何が目的だ？　ドアをあけろ」

「あけないわよ。あんたが選ぶまではね」ミュリエルがいう。

「何を選べっていうんだ？」

「結婚《けっこん》相手よ」ミュリエルが答える。

ジョンは、一瞬《いっしゅん》ためらった。

「とっととドアをあけろ！　おまえら、どうかしてるぞ」ジョンは、いばって命令した。

「選ぶのよ！」女の子たちがはやし立てる。

「さあ！　早くしなさい！　さあ！」アニーがジョンの目を見ていった。

ジョンがぼうっとして、前に進み出る。アニーははずしていたベルトを振《ふ》り回し、バックルでジョンの頭をぴしゃりと打った。ジョンはとびあがり、アニーをつかんだ。でもすぐに、ほかの女の子たちがジョンに襲《おそ》いかかって、引っぱったりひっかいたりぶったりした。女の子たちは、すっかり頭に血がのぼっていた。ジョンは、完全に女の子たちのえじきになっていた。みんな、きっちり仕返ししてやる気満々だ。見たことないほど荒《あ》れ狂《くる》ってジョンにしがみつき、とびかかっておさえつけた。ジョンの上着《うわぎ》は背中《せなか》までやぶけ、ノーラが襟《えり》をうしろからつかんで引っぱっていた。ボタンがちぎれてなかったら、本当に首をしめていたところだ。ジョンは怒《いか》り狂ってるやらおそろしいやらで、やたらめったらじたばたもがいている。上着はもう引っぱがされ、シャツの袖《そで》はちぎれ、腕《うで》がむき出しになっている。女の子たちはよってたかって、がしっとつかまえて引っぱったり、押《お》し倒《たお》して力いっぱい頭をこづいたり、ぶちのめしたりしている。ジョンは頭をひっこめたり身をよじったりして、逃《のが》れようとした。女の子たちは、ますます勢《いきお》いづいてきた。

とうとう、ジョンは抵抗《ていこう》をやめた。女の子たちは飛びかかって、ひざで押《お》さえつけた。ジョンは息がつまって、動く力もないようだ。顔が大きなひっかき傷《きず》で出血して、おでこは真っ赤になっている。

アニーが馬乗りになって、ほかの女の子たちもひざをついてのしかかるようにしている。みんな、顔がほてり、髪《かみ》は乱《みだ》れ、目が異様《いよう》にぎらぎらしている。ジョンはとうとう動かなくなった。顔をそむけて、猟師《りょうし》につかまってかんねんした動物のように、じっとしている。胸《むね》を激《はげ》しく上下させ、手首から血を流しながら、女の子たちのたけり狂《くる》った顔をちらっちらっと見る。

「どう？　わかった？」やっとアニーが、息を切らしながらいった。「どうなの？」

アニーの勝ち誇《ほこ》ったぞっとするほど冷たい声をきき、ジョンは獣《けもの》のようににじたばたしはじめた。けれども女の子たちがありえない力で押さえつけた。

「ほら、どうなの？」アニーがまた、やっとのことでいう。

そして、部屋《へや》はしーんとした。心臓《しんぞう》がどくどくいう音さえきこえそうだ。だれにとっても、どっちに転ぶかわからない宙《ちゅう》ぶらりん状態《じょうたい》の沈黙《ちんもく》だ。

「これで思い知ったでしょう？」アニーがいう。

ジョンの白いむき出しの腕《うで》を見ていると、女の子たちはムカムカしてきた。ジョンは、恐怖《きょうふ》のなか抵抗しつづけていたせいで頭がぼうっとしていた。女の子たちは、並《な》み外《はず》れた力がみなぎるのを感じていた。

ふいに、ポリーが笑いだした。くっくっと笑いだしたらもう、止まらない。エマとミュリエルも一緒《いっしょ》に笑いだした。アニーとノーラとローラは、あいかわらずはりつめたまま、目をぎらぎらさせている。ジョンはひるんで、その視線《しせん》から目をそらした。

「どう？」アニーが、やけに低い声できっぱりといった。「どう？　これでわかったでしょう？　自分がしてきたことが、やっとわかったでしょう？　自分が何をしてきたか、思い知ったでしょうよ」

ジョンは声を出さずに、身動きもしなかった。目を合わせないようにして、血だらけの顔もそむけている。

「あんたなんか、殺されて当然なのよ。それだけのこと、してきたんだから」アニーがぴしゃりといった。「殺されたっていいのよ」その声には、ぞっとするような欲望《よくぼう》がこもっている。

ポリーは笑うのをやめて、長いため息をついた。われに返ったようだ。

「選ばせなきゃ」ポリーがぼんやりという。

「ええ、そうよ、そうだわ」ローラが、なんとか復讐《ふくしゅう》してやりたいと思っていった。

「きこえてるの？　ちょっと、どうなの？」アニーがいう。そして力をこめてぐいっと、ジョンの顔を自分のほうに向けさせた。ジョンが思わず顔をしかめる。

「きこえてるの？」アニーはジョンをゆすりながらくり返した。

ジョンはだまったままだ。アニーはジョンの顔にぴしゃりと平手打ちを食らわせた。ジョンがぎくっとして目を見ひらく。それからまた、顔をくもらせた。反抗心《はんこうしん》に満ちあふれている。

「きいてるの？」アニーがくり返す。

ジョンは、敵意《てきい》に満ちた目でアニーを見つめるだけだった。

「答えなさい！」アニーは、自分の顔をジョンの顔にぐいっと近づけた。

「何を？」ジョンが、かんねんしたようにいう。

「選ぶのよ！」アニーは叫《さけ》んだ。まるでおそろしい脅迫《きょうはく》みたいに、そしてそれ以上は脅《おど》せないのがくやしいみたいに。

「何を？」ジョンは、おびえてきいた。

「どの子がいいか、選ぶのよ。いますぐ決めなさい。今後、いままでみたいにふざけたまねをしたら、首の骨《ほね》を折られるからね。もう、あきらめなさい」

しばらく間《ま》があった。またしてもジョンは顔をそむけた。これだけ打ちのめされても、ずる賢《がしこ》かった。心から屈服《くっぷく》したわけではない。いくらずたずたにされても、負けてなかった。

「わかった。それなら、アニーを選ぶ」ジョンの声は、きいたことのない悪意に満ちていた。アニーは、熱い石炭《せきたん》に触《さわ》っていたことにいま気づいたみたいに、手をジョンからぱっとはなした。

「アニーを選んだわよ！」女の子たちが口をそろえていう。

「わたし？」アニーが叫《さけ》んだ。ひざをついたまま、ジョンからはなれる。ジョンはまだ、顔をそむけて倒《たお》れたままになっていた。女の子たちが、そわそわと集まってくる。

「わたしを？」アニーは、ひどく苦々しくくり返した。

それから立ちあがり、嫌悪感《けんおかん》でいっぱいの顔でジョンからはなれた。

「こんなやつ、触りたくもないわ」

アニーの顔は、苦しさにふるえているみたいだった。いまにも倒れそうに見える。

ほかの女の子たちは、わきによけた。ジョンはまだ、やぶけた服を着て血をにじませ、顔をそむけて床《ゆか》に倒れている。

「でも、もしジョンが選んだのが……」ポリーが口をひらいた。

「わたし、こんな男、欲《ほ》しくないわ。べつの子を選べばいい」アニーが、さっきとおなじ、絶望《ぜつぼう》した苦しそうな口調《くちょう》でいった。

「起きなさい」ポリーがいって、ジョンの肩《かた》を引っぱった。「起きるのよ」

ジョンはゆっくりと起きあがった。見たことのない、ぼろぼろの生きものみたいだ。ぼうっとしている。女の子たちは少しはなれて、ものめずらしそうにこわごわ見ていた。

「この男、欲しい子はいる？」ローラが荒々《あらあら》しく叫ぶ。

「いらない」全員が、ばかにしたように答えた。それなのにみんな、ジョンが自分のほうを見てくれるのを期待して待っていた。アニー以外、みんな。アニーのなかで、何かがこわれてしまった。

けれどもジョンは、むすっとしたまま顔をそむけていた。何もかも終わったみたいに、部屋《へや》はしーんとしている。ジョンは、どうしようというあてもなく、やぶけた上着《うわぎ》の切れ端《はし》をひろった。女の子たちはそわそわして、顔をほてらせ、息を切らし、髪《かみ》や服の乱《みだ》れを無意識《むいしき》に直しながらジョンを見つめていた。ジョンは、だれにも目をむけない。部屋《へや》のすみに自分の帽子《ぼうし》が落ちているのを見つけて、とりにいった。ジョンが帽子をかぶると、女の子のひとりがそれを見て、やたらめったら笑いだした。それでもジョンは気にもとめずに、コートがかかっているところにまっすぐ向かった。女の子たちは、触《さわ》ると感電するみたいに遠巻《とおま》きにしていた。ジョンがコートを着て、ボタンをとめる。それから、ずたずたになった上着《うわぎ》をまるめて、かぎのかかったドアの前にむすっと立った。

「だれか、ドアをあけてあげて」ローラがいう。

「かぎはアニーがもってるのよ」

アニーはだまって、かぎをほかの女の子たちのほうに差しだした。ノーラが受け取ってかぎをあける。

「これでおあいこね。あんたも男らしく、根にもたないことだわ」ノーラがいう。

ジョンは返事もせず、うなずきもしないで、ドアをあけて出ていった。無表情《むひょうじょう》で、がくっとうなだれている。

「少しはこりたでしょうよ」ローラがいった。

「〝コディ〟ってあだ名がおにあいだわ！」ノーラがいう。

「やめて、お願いだから、だまってて！」アニーがふいに、責《せ》め苦《く》にあっているみたいに叫《さけ》んだ。

「さあ、あたし、もう帰るわ。ポリー、早くして！」ミュリエルがいう。

女の子たちはもう、ここにいたくないと感じていた。あわてて、口もきかず、ぼんやりとした表情のまま、帰るしたくをした。

ほほ笑み

Smile

彼《かれ》は、ひと晩《ばん》じゅう起きていようと決めていた。罪《つみ》のつぐないのようなものだ。電報《でんぽう》には「オフィーリア　キトク」とだけあった。こんな状況《じょうきょう》なのに寝台車《しんだいしゃ》のベッドに横になるなんて、うわついているように感じる。そこで、フランスに夜がやってくるころ、一等車の個室《こしつ》にぼんやりすわっていた。

もちろん、ほんとうならオフィーリアの枕元《まくらもと》につきそっているべきだ。けれどもオフィーリアが、それを望まなかった。だから、こうして列車に乗っている。

心の奥底《おくそこ》が、暗く、重苦しい。腫瘍《しゅよう》のようなものが、暗たんとしたなかで成長して、内臓《ないぞう》をしめつけているみたいだ。彼はいつでも、人生をまじめにとらえてきた。そのまじめさが、いまは重くのしかかっている。ひげを剃《そ》った、整った浅黒い顔は、十字架上《じゅうじか》のキリストのように、黒くて濃《こ》い眉《まゆ》を気が遠くなるほどの苦しみにゆがめていた。

列車のなかの夜は、地獄《じごく》のようだ。何ひとつ、現実《げんじつ》のものなどない。向かいにすわっているふたりのイギリスの老婦人《ろうふじん》は、とっくの昔に死んでいた。おそらく、彼よりも前に。というのも、もちろん、彼も死んでいたから。

ゆっくりと、国境《こっきょう》の山並《やまな》みに灰色《はいいろ》の夜明けがおとずれた。彼は、その空を見るともなくながめていた。けれども、心のなかでは、トマス・フッドの詩をくり返していた。

そして夜明けがかすかに悲しげにおとずれ
朝のにわか雨が冷え冷えとふるとき
彼女《かのじょ》の目はそっと閉《と》じられ
彼女はわれらとはべつの世界へ旅立った。

そして、彼の顔は修道士《しゅうどうし》のように苦悩《くのう》に満ちたままで表情《ひょうじょう》ひとつ変わらなかったが、心のなかでは軽蔑《けいべつ》する気持ちがあった。それは自分に対するあざけりでもあった。批評的《ひひょうてき》な目で判断《はんだん》すれば、この詩は感傷的《かんしょうてき》すぎる。

彼《かれ》は、イタリアにいた。そしてイタリアを、かすかな嫌悪感《けんおかん》をもって見ていた。それ以上の気持ちはとくになく、オリーブの木や海を見たときも軽い嫌悪感しか抱《いだ》かなかった。詩的なごまかしみたいなものだ、と。

また夜が来て、ブルーシスターズ修道院《しゅうどういん》に着いた。オフィーリアが隠《かく》れ家《が》として選んだ場所だ。彼は、院長の部屋《へや》に案内された。院長は立ちあがって、だまったままおじぎをした。視線《しせん》をずっと彼からはなさない。それから、フランス語でいった。

「たいへんつらいご報告《ほうこく》があります。奥様《おくさま》は今日の午後、お亡《な》くなりになりました」

彼は、ぼうっとしたまま立っていた。どうにもこうにも、なんの感情《かんじょう》もわいてこない。ただ、その修道士《しゅうどうし》のような、目鼻立ちのはっきりした整った顔で、あらぬ方向を見ていた。

院長は、白くうつくしい手を彼の腕《うで》にそっとそえて、顔をのぞきこみながら身を寄《よ》せた。

「勇気を出してくださいい」院長はやさしくいった。「どうか、勇気を。ねえ?」

彼は、思わず後ずさりした。女性《じょせい》がこんなふうに近づいてくると、いつもこわくなる。たっぷりしたスカートをはいた院長は、やけに女っぽかった。

「もちろんです!」彼は英語で答えた。「会えますか?」

院長がベルを鳴らすと、若《わか》いシスターが来た。青白い顔をしているけれど、そのうす茶色の目は純真《じゅんしん》そうでいたずらっぽい。院長に小さな声で紹介《しょうかい》されると、その若いシスターはつつましく軽くおじぎをした。けれども、マシューは手を差しだした。わらにもすがろうとしている男のように。シスターは、重ねていた白い手をほどいて、眠《ねむ》っている小鳥がされるがままになるように、マシューの手のなかに片方《かたほう》の手をおずおずとすべりこませた。

底知れないよみの国のように暗かった心で、マシューは思った。なんてきれいな手なんだ!

三人は、立派《りっぱ》だけど冷え切った廊下《ろうか》を歩いていき、ドアをたたいた。マシューは、うわの空の暗い心のまま、自分の前を足早に歩くふたりのシスターの黒いスカートがひらひらと揺《ゆ》れるのを、うつくしいと感じていた。

ドアがあいたとき、マシューはぞっとした。天井《てんじょう》の高い堂々とした部屋《へや》のなかで、キャンドルが白いベッドのまわりで燃《も》えている。ひとりのシスターがキャンドルのそばにすわっていて、白いベールでおおった浅黒い素朴《そぼく》な顔を、聖務日課書《せいむにっかしょ》から上げた。立ちあがったそのシスターは、からだつきががっしりしていた。ちょこんとおじぎをするその浅黒い手が上等な青いシルクをまとった胸元《むなもと》で黒いロザリオをにぎりしめているのに、マシューは気づいた。

三人のシスターはだまったまま、それでもひらひらととても女らしく、ふんわりしたシルクの黒いスカートを揺らしながら、ベッドの枕元《まくらもと》に集まった。院長がかがみこんで、この上なくていねいに死者の顔から白い布《ぬの》をはずす。

妻《つま》のうつくしい安らかな死に顔を見るなり、マシューの心の奥深《おくふか》くで、笑い声のようなものがはじけた。ちょっと声を立てて笑いそうになり、そのあと自分でも意外なほほ笑《え》みが、顔に浮《う》かんだ。

三人のシスターは、クリスマスツリーのようにちらちらとあたたかくゆれるキャンドルの光のなかで、ベールの下から深い思いやりをたたえた目でマシューを見守っていた。三人でひとつの鏡のようだ。ふいに六つの目にかすかな恐怖《きょうふ》が浮かび、やがてとまどいから、驚《おどろ》きにかわった。シスターたちは、キャンドルの光のなかで心もとなさそうにマシューのほうを向いていたが、その顔に知らず知らず、ふしぎなほほ笑みが浮かんできた。三つの顔に、まったくおなじ笑みが、まったくべつべつに広がった。まるで、三つの花がふんわりと咲《さ》くように。青白い顔をした若《わか》いシスターのほほ笑みは、かなり痛々《いたいた》しかったが、いたずらっぽさのある恍惚《こうこつ》をともなっている。寝《ね》ずの番をしていた浅黒い顔のシスターは、のっぺりした額《ひたい》の成熟《せいじゅく》した女性《じょせい》で、古めかしいユーモアをたたえたどこまでもかすかな笑みを浮かべ、異教的《いきょうてき》にくちびるがゆがんでいた。かすかではあるけど気おくれのない、まぎれもないほほ笑《え》みだ。

院長は、どこかマシューに似《に》た堂々とした顔つきをして、笑うまいと必死だった。けれども、マシューが悪意さえ感じられるユーモラスな顔をしてあごをつんと自分のほうに向けているので、どうしても笑みが浮《う》かんできてこらえきれず、うつむいた。

青白い顔をした若《わか》いシスターがふいに、袖《そで》で顔をおおってからだをふるわせた。

院長が腕《うで》をその肩《かた》にまわして、イタリア人ふうに感情《かんじょう》をこめてつぶやいた。「かわいそうに！　泣きなさい。かわいそうに！」そう悲しそうにいいながらも、笑いはかくせない。がっちりとした浅黒いシスターは、相変わらず黒いロザリオを握《にぎ》りしめていたが、声にならない笑いは消えていない。

ふいにマシューはベッドのほうを向いて、死んだ妻《つま》が自分を観察《かんさつ》していたのではないかと確《たし》かめた。とつぜん恐怖《きょうふ》におそわれたからだ。

オフィーリアは、とてもうつくしく、とても痛々《いたいた》しく、横たわっていた。血の通っていない小さい鼻はつんとしていて、聞きわけのない子どものような顔に最後の強情《ごうじょう》さがはりついている。マシューの顔からほほ笑《え》みが消え、とんでもない苦痛《くつう》の表情《ひょうじょう》があらわれた。マシューは泣かなかった。意味もなくただ見つめていた。顔だけに、その思いが濃《こ》くあらわれていた。まだわたしのなかにもこのような苦痛の気持ちがあったのか！

オフィーリアはとてもうつくしく、とても子どもっぽく、とても賢《かしこ》く、とても強情で、とてもやつれていた。そして、死んでいた！　そう思うと、何もかもがむなしかった。

結婚《けっこん》したのは十年前だった。マシュー自身、完ぺきではなかった。完ぺきにはほど遠かった。オフィーリアはいつも、自分の思う通りにしようとしていた。マシューを愛してはいたけれど、どんどん強情になっていった。そして、思いに沈《しず》むようになり、人をばかにして、怒《いか》り、十二回、マシューのもとを去った。そして十二回、マシューのもとに帰ってきた。

ふたりには子どもはなかった。そしてマシューのほうはいつも、感傷的《かんしょうてき》な思いから子どもを欲《ほ》しがってきた。そして、ひどく悲しんでいた。

もう、オフィーリアは二度と帰ってこない。これが十三回目で、永遠《えいえん》にいなくなってしまった。

でも、ほんとうにいなくなったのだろうか？ そう思っている先から、マシューはわき腹《ばら》をつつかれるのを感じた。オフィーリアが自分を笑わせようとしている。マシューはちょっと身をよじり、眉《まゆ》をひそめてむっとした顔をした。自分は笑うつもりなどないんだ！ マシューは、ひげのない角ばったあごをひきしめ、大きな歯を見せて、いつまでも自分を挑発《ちょうはつ》してくるこの死んだ女を見下ろした。「もう一回やってみろ！」そういってやりたかった。ディケンズの小説に出てくる男のように。

自分自身、完ぺきでなかったのはわかっている。どこが足りなかったのか、よく考えてみようとした。

マシューはぱっと、シスターたちのほうを向いた。三人とも、キャンドルの光の届《とど》かない奥《おく》に引っこみ、白いベールにつつまれて、マシューと、どこでもない場所とのあいだをさまよっていた。マシューは目をぎらぎらさせ、歯を見せながら、カトリックの懺悔《ざんげ》をした。

「わが罪《つみ》なり！　わが罪なり！」

「そんなことありませんわ！」院長が思わずたじろいで叫《さけ》んだ。両手をぱっとはなし、つまった袖《そで》のなかで、つがいの鳥が寄《よ》り添《そ》うようにまたぎゅっと合わせる。

マシューはかがみこみ、出て行こうと思ってあたりを見回した。院長はうしろで静かに主の祈《いの》りを唱《とな》えながら、ロザリオをぶらぶらさせている。青白い顔の若《わか》いシスターは、もっとうしろの暗がりにいる。けれども、がっちりした浅黒い顔のシスターの黒い目が、星が気まぐれに光っているようにマシューをじっと見つめていた。

マシューは、またわき腹《ばら》をつつかれたような気がして笑いたくなった。

「いいですか？　わたしはひどく気が動転しているんです。もう帰ります」マシューは、説得するみたいにいった。

三人は、ぼうっとしたまま困《こま》ったような顔をしている。マシューはドアのほうに向かった。けれども、そうしながらも、どうしてもほほ笑《え》みが浮《う》かんできてしまう。がっちりしたシスターに、そのちらちらまたたくような目でしっかり見られていた。マシューは、ひそかに考えていた。この浅黒い手を、つがいの鳥のようにぴったり重なっている両手を、心ゆくまで激《はげ》しく握《にぎ》ることができたらなあ、と。

けれども、マシューはやはり、自分には何が足りなかったのかをじっくり考えたかった。わが罪《つみ》なり！　そう自分自身をののしった。ののしりながらも、何かにわき腹《ばら》をつつかれるのを感じた。「笑え！」といわれているのを。

三人のシスターは、堂々とした部屋《へや》に残されて、顔を見合わせていた。六羽の鳥がふいに葉のあいだから飛びたつように六本の手がさっとあがったかと思うと、すぐにおりる。

「かわいそうに！」院長が同情《どうじょう》をこめていう。

「ええ、ほんとうに！　かわいそうに！」若《わか》いシスターが純真《じゅんしん》な叫《さけ》び声を衝動的《しょうどうてき》にあげた。

「ええ、ほんとうに！」浅黒い顔のシスターがいう。

院長は音もなくベッドに近づき、死に顔にかがみこんだ。

「知っているように見えますね。かわいそうに！　そう思いませんか？」院長はつぶやいた。

三人とも、ベールにつつまれた頭をかがめて死人をのぞきこんだ。はじめて、オフィーリアの口の両端《りょうたん》がかすかに皮肉っぽくゆがんでいるのに気づいた。三人は、おどろいてはらはらしながら見ていた。

「この人には、あの人が見えたんですね！」若いシスターが、ぞくっとして小さい声でいった。

院長は、せんさいな刺繍《ししゅう》をほどこした布《ぬの》を冷たい顔にそっとかけた。それから、ロザリオを指でさわりながら死人の魂《たましい》のために祈《いの》りを唱《とな》えた。それからキャンドルを二本、まっすぐに立てると、太いキャンドルをそっと握《にぎ》りながらしっかりと台に押《お》しこんだ。

浅黒い顔のシスターは、ふたたび聖書《せいしょ》をもってすわった。ほかのふたりは、するするとドアに近づき、広い白い廊下《ろうか》に出た。そして、黒い白鳥が二羽、川を泳ぐように、黒い服に身をつつんで音もなくそっと歩いていき、ふいに立ちどまった。寒々とした廊下《ろうか》のつきあたりに、暗い色のコートを着てふらついている絶望《ぜつぼう》した男の姿《すがた》が見えたからだ。院長は急に足早になった。

マシューも、ふたりに気づいた。顔まわりをベールでつつみ、両手をかくして、たっぷりとしたスカートを揺《ゆ》らしながら近づいてくる。若《わか》いシスターが、院長の少しうしろを歩いている。

「すみません、院長さん！」マシューは、通りでばったり会ったみたいにいった。

「帽子《ぼうし》をどこかに置き忘れてしまって……」

マシューは、絶望的《ぜつぼうてき》なしぐさで腕《うで》をさっと動かした。これほどほほ笑《え》みのかけらもない顔は、見たことがなかった。

木馬のお告げ

The Rocking-Horse Winner

うつくしい女性《じょせい》がいた。生まれつき、あらゆる有利な条件《じょうけん》をもっていたけれど、運だけはなかった。恋愛結婚《れんあいけっこん》をして、その愛が冷《さ》めてしまった。かわいらしい子どもたちも生まれたけれど、無理やり押《お》しつけられたような気がして、どうしても愛せなかった。子どもたちも母親を、あらさがしをしているような目で冷たく見ていた。それで母親も急に、自分の欠点をかくさなければいけないような気になった。けれども、何をかくせばいいのかわからない。それなのに、子どもたちを前にすると、いつも心の奥《おく》がこわばってくる気がした。母親は悩《なや》み、自分なりにますます、子どもたちにやさしくして、気を遣《つか》うようになった。まるで、心から愛しているみたいに。でも自分だけは、心の奥底《おくそこ》に愛を感じることができない部分があるとわかっていた。それはもう、だれに対しても愛を感じることはなかった。だれもが「ほんとうにいいお母さんですね。子どもたちをこんなにかわいがって」といったけれど、本人だけは、それから子どもたちも、じっさいはちがうとわかっていた。母親も子どもたちも、おたがいの目を見ればわかった。

子どもは、男の子がひとりと、女の子がふたりだった。家は庭つきでいごこちよく、よくできた召使《めしつか》いたちもいて、近所のだれよりもいい暮《く》らしをしているように見えた。

上流生活をしていたけれど、家のなかにはいつも不安感がただよっていた。お金が足りなかったからだ。母親に少し所得があり、父親にも少し収入《しゅうにゅう》があったけれど、いまの社会的地位を保《たも》つにはとてもじゅうぶんとはいえない。父親は街にはたらきに出ていて、先の見通しが立ってはいたけれど、その見通しは一度も現実《げんじつ》にはならなかった。いつも、お金が足りない気がしてならない。それでも、体面だけは保《たも》ちつづけた。

とうとう、母親がいいだした。「わたくしにも何かできるかもしれないわ」けれたちども、何から手をつけていいかもわからない。頭をしぼって、あれこれやってみたものの、何ひとつ成功しなかった。その失敗のせいで、しわが増《ふ》えた。子どもたちもどんどん成長して、学校にも通わなければいけない。なんとしてでも、お金がもっと必要だ。お金が足りない。父親は、顔立ちが整っていて好みがぜいたくで、まったくの役立たずだった。母親は、自信だけはたっぷりあるけれど、やはり何ひとつものにならず、好みもやはりぜいたくだった。

こうして、家じゅうが、声にならない言葉にとりつかれていた。お金が足りない！　お金が足りない！　子どもたちの耳にはずっとその言葉がひびいていた。だれも口に出していってはいないのに。クリスマスに、高級でぜいたくなおもちゃで子ども部屋《べや》がいっぱいになったときも、その言葉はきこえた。ぴかぴか光る最新の木馬のかげから、おしゃれなドールハウスのかげから、ひそひそ声がしてくる。「お金が足りない！　お金が足りない！」すると子どもたちは遊ぶのをやめて、しばらく耳をすます。おたがいの目をのぞきこみ、おなじ言葉がきこえたかをたしかめる。すると、全員がきいていたことがわかる。「お金が足りない！　お金が足りない！」

ゆらゆら揺《ゆ》れる木馬のばねのあたりから、そのささやき声がする。木の首を垂《た》れてくつわをかむ馬さえ、その声をきいていた。大きな人形も、あたらしい乳母車《うばぐるま》に乗ってピンクの服を着て得意げに笑いながら、その声をはっきりきいた。そのせいでなおさら、自意識過剰《じいしきかじょう》に笑っているように見えた。とぼけた顔をした子犬も、テディーベアのかわりにかわいがられるようになっていたが、家じゅうにひびくこのささやき声をきいたというだけの理由で、とんでもなくとぼけて見えてしまった。お金が足りない！

それでも、だれも口に出してはいわなかった。ささやき声は、どこにいてもきこえるので、だれもその話をしなかった。だれも「わたしたち、息してるよ！」と口に出さないのに、いつでも息を吸《す》ったり吐《は》いたりしているみたいに。

「ねえ、お母さん」きょうだいのなかでひとりだけ男の子のポールが、ある日いった。「どうしてうちには車がないの？　いっつも、おじさんの車か、タクシーだよね？」

「うちが親戚《しんせき》のなかでも貧乏《びんぼう》なほうだからよ」母親はいった。

「だけど、どうして貧乏なの？」

「そうねえ、たぶん……」母親は、ゆっくりと、つらそうにいった。「お父さんに運がないからでしょうね」

ポールは、しばらくだまりこんだ。

「運って、お金ってこと？」ポールは、ちょっとおどおどしてたずねた。

「いいえ、そうではないの。ただ、運があればお金もちになれるわね」

「へーえ！」ポールは、あいまいに返事をした。「オスカーおじさんが、『悪運をもってるやつ』っていってるのをきいたことがあるから、お金のことかと思ってた」

「悪銭《あくせん》っておっしゃったのなら、お金のことよ。ききまちがいじゃないかしら」

「ふーん！　じゃ、運ってなんなの？」

「お金もちにしてくれるものよ。運がよければ、お金が手に入るの。だから、お金もちに生まれるより、運がいいほうがいいのよ。お金はもっていても、なくなるかもしれない。けれども、運をもっていれば、お金がどんどん入ってくるのよ」

「ふーん、そうなんだ！　じゃあ、お父さんは運がないの？」

「ええ、あんまりないでしょうね」母親は、冷たくいった。

ポールは、信じられないという目で母親を見つめた。

「どうして？」

「わからないわ。運がよかったりわるかったりする理由なんて、だれにもわからないの」

「そうなの？　だれにも？　ほんとにだれにもわからないの？」

「わかるとしたら、神様だけね。でも、神様は教えてくださらないから」

「じゃあ、教えてもらおうよ。で、お母さんも運がないの？」

「あるわけないでしょう。運がない人と結婚《けっこん》したんだもの」

「でも、お母さんの運だけみたら、あるんでしょ？」

「昔はあると思っていたわ。結婚《けっこん》する前はね。いまでは、なんて運がないのかしらと思うけれど」

「どうして？」

「だって……もういいじゃないの！　たぶん、ほんとうは運がないんだわ」

ポールは、本気でいってるのかなと思って、母親をじっと見た。口元をやけにぎゅっと引きしめているので、何かかくそうとしているのは確《たし》かだ。

「ま、いいや。ぼくは、運がいいから」ポールはきっぱりといった。

「どうして？」母親は、くすっと笑った。

ポールは母親をまじまじと見つめた。自分でも、どうしてそんなことをいったのか、わからない。

「神様が教えてくれたんだ」ポールは、平気なふりをしていってのけた。

「そう、ほんとうに神様がそうおっしゃったならいいわねぇ！」母親はまたくすっと笑ったけれど、その笑い声は少し冷たくきこえた。

「ほんとだよ！」

「すばらしい！」母親は、夫が感心したときの口癖《くちぐせ》をまねていった。

お母さん、ぼくのこと信じてないな。というか、ぼくのいうことなんかまったくきいちゃいない。なんだか腹《はら》が立って、なんとかして母親の注意を引きたくなった。

ポールはひとりでぼんやり、子どもならではのやり方で、「運」とは何か考えるようになった。そのことで頭がいっぱいになり、ほかの人には目もくれなくなり、だれにもわからないようにこっそり、運を探《さが》しまわった。運がほしい。ほしくて、ほしくて、たまらない。ふたりの妹が子ども部屋《べや》で人形遊びをしているとき、ポールはよく自分の大きな木馬にまたがって、激《はげ》しくかりたてた。あんまり荒々《あらあら》しく走らせようとするので、妹たちは心配そうな目で見ていた。馬が狂《くる》ったように暴走《ぼうそう》しているように見え、ポールは黒い巻き毛《まげ》を振《ふ》り乱《みだ》し、目をやたらぎらぎらさせた。妹たちは、声もかけられない。

ポールは、この荒《あ》れ狂《くる》った馬の旅をおえると、木馬からおりて前に立ち、そのうつむいた顔をじっとのぞきこんだ。木馬の赤い口はかすかにひらき、大きな目は見ひらかれてガラスのように光っている。

「さあ！」ポールは、息を切らした馬に心のなかで命令する。「さあ、ぼくを運があるところに連れていってくれ！　さあ、早く！」

そして、オスカーおじさんに買ってもらった小さいムチで、木馬の首筋《くびすじ》をぴしぴし打つ。この馬ならきっと、運があるところにぼくを連れていってくれる。ぼくがちゃんと命令さえすれば。だからポールはまた馬にまたがり、怒《いか》り狂ったように走らせる。最後には必ず目的地に着けると願いながら。きっと着けるはずだ。

「こわしてしまいますよ！」乳母《うば》がいった。

「お兄ちゃん、いっつもこんなふうに乗るんだもん！　ほんと、いやになっちゃう」上の妹のジョーンがいった。

それでもポールは、だまったままふたりをにらみつけるだけだった。乳母はもう、ポールにかまうのはやめた。さっぱり理解《りかい》できないし、どちらにしてももう自分の手には負《お》えない。

ある日、ポールがいつものように荒々《あらあら》しく馬に乗っていると、母親とオスカーおじさんが部屋《へや》に入ってきた。ポールは、あいさつもしない。

「やあ、若《わか》いジョッキー君！　勝ち馬に乗っているのか？」おじさんがいった。

「もう木馬ごっこっていう歳《とし》じゃないでしょう？　子どもじゃないんだから、おやめなさい」母親がいう。

それでもポールは、ちょっと寄《よ》った大きな青い目でぎろりとにらみつけるだけだった。全力疾走《ぜんりょくしっそう》しているときは、だれとも話をしたくない。母親は、心配そうにポールを見ていた。

やっと、ポールは急に馬の速度をゆるめてから、すべりおりた。

「さあ、着いた！」勝ち誇《ほこ》ったようにいう。青い目はまだぎらついている。長い脚《あし》をひらいて、しっかと立った。

「どこに着いたというの？」母親がたずねた。

「行きたかったところだよ」ポールは、つっかかるようにいった。

「よくやったぞ！」おじさんがいう。「着くまで止まらないのが正解《せいかい》だ。で、その馬はなんて名前だ？」

「名前はないよ」

「なくても問題はないのか？」

「まあね、いろんな名前があるから。先週は、サンソヴィーノって名前だった」

「サンソヴィーノ？　アスコット競馬で勝った馬だ。どうしてそんな名前を知ってるんだ？」

「お兄ちゃんはしょっちゅう、バセットと競馬の話をしてるの」ジョーンがいった。

おじさんは、自分の小さな甥《おい》が競馬のニュースにくわしいと知って、よろこんだ。若《わか》い庭師《にわし》のバセットは、戦争で左足を痛《いた》めて、上司《じょうし》だったオスカーおじさんの紹介《しょうかい》で庭師の仕事についたのだが、たいへんな競馬通で、競馬を中心に生活していた。

ポールは、バセットにまとわりついていた。

オスカーおじさんは、バセットからいろいろききだした。

「しきりにいろいろききにくるので、話さないわけにはいかないんですよ」バセットは、宗教《しゅうきょう》の話でもしているみたいにひどくまじめな顔でいった。

「で、ポールは気に入った馬に賭《か》けたりするのか？」

「えっと、それは……告げ口はしたくないんですが、お若いのになかなかの勝負師《しょうぶし》ですね。どうか、本人におききいただけませんか？　せっかく楽しんでいるのに、告げ口するようなことはしたくないんです」

バセットは、ひどくまじめくさっていった。

おじさんはポールのところに戻《もど》って、車に乗せた。

「なあ、ポール、馬に賭けたことはあるか？」

ポールは、おじさんの整った顔をまじまじと見た。

「えっ、なんで？　やっちゃだめなの？」ポールはさらっと流した。

「いやいや、とんでもない！　むしろ、リンカーン競馬の予想を教えてもらおうかと思ってね」

車は田園《でんえん》地帯《ちたい》に入っていき、ハンプシャーにあるおじさんの屋敷《やしき》にむかっていた。

「ほんと？　ぜったい？」

「ほんとうに、ぜったいだ」

「そっか、じゃあね、ダフォディルだよ」

「ダフォディル！　それはどうかと思うぞ。マーザなんかどうだ？」

「ぼくにわかるのは、勝ち馬だけだから。ダフォディルだよ」

「そうか、ダフォディルか」

少し間があった。ダフォディルは、どちらかというとさえない馬だ。

「ねえ、おじさん！」

「なんだ？」

「ほかの人にはいわないでくれる？　ぼく、バセットと約束したんだ」

「バセットのことなんか、気にする必要はない。どんな関係があるんだ?」

「ぼくたち、パートナーなんだ。最初からずっと、協力してるんだよ。あのね、はじめて賭《か》けた五シリングは、バセットが貸《か》してくれたんだけど、ぼく、負けちゃったんだ。ぼく、約束したんだよ。ぜったいぜったい、ぼくとバセットだけの秘密《ひみつ》にするって。だけど、おじさんにもらった十シリング札で勝ちはじめたから、おじさんは運があると思うんだ。だれにもいわないでくれる?」

ポールは、熱のこもった大きな青い目でおじさんをじっと見つめた。おじさんはちょっとたじろいで、ごまかすように笑った。

「わかった! おまえの予想は秘密にしておくよ。ダフォディルだな? いくら賭けてるんだ?」

「二十ポンドだけ残してぜんぶ。二十ポンドはとっておくんだ」

おじさんは、じょうだんかと思った。

「二十ポンドをとっておくってことは、賭けてるのはいくらだ?」

「三百ポンドだよ」ポールは、まじめくさっていった。「だけど、オスカーおじさん、ふたりだけの秘密《ひみつ》だからね！　ぜったいだよ？」

おじさんは、大笑いした。

「ああ、そうだとも、ふたりだけの秘密だ。だけど、その三百ポンドはどこにあるんだ？」

「バセットが預《あず》かってくれてる。ぼくたち、パートナーだから」

「ああ、そうか、そうだったな。で、バセットはいくら賭《か》けてるんだ？」

「ぼくほどじゃないと思うけど。たぶん、百五十くらいじゃないかな」

「え、百五十ペニーってことか？」おじさんは笑った。

「ポンドだよ」ポールは、何いってるのという顔でおじさんを見た。「バセットは、ぼくよりたくさん貯《た》めてるんだよ」

おどろくやらおもしろいやらで、おじさんはだまりこんだ。それ以上は問いたださなかったけれど、リンカーン競馬にポールを連れて行こうと決めた。

「なあ、ポール、おじさんはマーザに二十ポンド賭けて、おまえが勝つと思う馬に五ポンド賭けることにするよ。で、どの馬がいいかな？」

「だから、ダフォディルだってば」

「いや、ダフォディルに五ポンドなんか賭けられない」

「その五ポンドがぼくのものなら、賭けるけどね」

「わかった、わかったよ！　わたしが五ポンド、おまえのぶんも五ポンド、ダフォディルに賭けよう」

ポールは生まれてはじめて見る競馬に、青い目をきらきらさせた。くちびるをぎゅっとすぼめて、じっと見つめる。すぐ前にいるフランス人は、ランスロットに賭けていた。興奮《こうふん》のあまり腕《うで》をばたばたさせながら、フランス語のアクセントで「ランスロット！　ランスロット！」と叫《さけ》んでいる。

ダフォディルが一着に入り、ランスロットは二着、マーザは三着だった。ポールは顔を真っ赤にして目をぎらぎらさせていたけれど、ふしぎに落ち着いていた。おじさんが、五ポンド札を四枚、もってきた。四倍の配当金だ。

「さあて、これをどうしようか？」おじさんは大声でいって、ポールの目の前でひらひらさせた。

「バセットと話したほうがいいんじゃないかな。今度で千五百ポンドになってると思うんだけど。あと、とっといた二十ポンド。それと、この二十ポンド」

おじさんは、しばらくポールをじっと見つめていた。

「なあ、ポール、そのバセットのこととか、千五百ポンドのこと、まさか本気じゃないだろうな？」

「ううん、本気だよ。だけど、おじさんとぼくだけの秘密《ひみつ》だからね。ぜったいだよ？」

「ああ、ぜったいだとも！　だが、バセットとちゃんと話をしなくちゃいけないな」

「おじさんもパートナーになりたいなら、バセットとぼくとおじさんの三人で、パートナーになってもいいよ。ただし、約束してくれなくちゃ。ぜったいのぜったい、三人だけの秘密にするって。バセットとぼくは運があるし、おじさんもきっとあると思う。だって、ぼくが勝ちはじめたのは、おじさんからもらった十シリングからだし……」

おじさんはある日の午後、バセットとポールをリッチモンドパークに連れだして、話をした。

「それは、こういうわけなんです」バセットが説明した。「ポールさんに競馬の話をさんざんせがまれたもんですから、てきとうに流しながら話をしてたんです。いつも、わたしが勝ったか負けたかに興味津々《きょうみしんしん》で、もう一年くらい前のことですが、五シリングをブラッシュオブドーンに賭《か》けてさしあげました。で、負けました。けど、そのあと運がむいてきたんです。いただいた十シリングで、シンハリーズに賭けてからです。それ以来、いろいろひっくるめてかなり成功してます。ねえ、ポールさん？」

「ぼくたち、だいじょうぶだと思うときはうまくいくんだ」ポールはいった。「いまいち自信がないときは、負けちゃう」

「ええ、けど、そういうときは控《ひか》えめにしますから」バセットがいう。

「しかし、だいじょうぶだと思うのは、どんなときなんだ？」おじさんはにっこりした。

「それは、ポールさんがそう思うときですよ」バセットは、うやうやしく声をひそめた。「まるで天からのお告げをきいてるみたいなんです。今度のダフォディルみたいにね。まったくもって、どんぴしゃです」

「きみもダフォディルに賭《か》けたのか？」おじさんはたずねた。

「はい。ちょっとばかし、もうけました」

「で、うちの甥《おい》は？」

バセットはぎゅっと口をつぐんで、ポールを見つめた。

「千二百ポンド、勝ったんだよね、バセット？　おじさんにいったんだ。三百ポンド、ダフォディルに賭けるって」

「その通りです」バセットはうなずいた。

「だが、金はどこにあるんだ？」おじさんはたずねた。

「しっかりかぎをかけてしまってあります。たのまれればいつでも出せるようになってますよ」

「なんだと、千五百ポンドぜんぶか？」

「あと、とっておいた二十ポンドです。いえ、四十ですね。競馬場でもうけた二十ポンドを足すと」

「すごいぞ！」おじさんはいった。

「もしパートナーになろうといわれてるなら、わたしだったらなりますね」バセットはいった。

オスカーおじさんは、ちょっと考えた。

「金を見せてもらおうか」

三人は車で屋敷《やしき》に帰った。たしかに、バセットは千五百ポンドの札束をもって、庭にある小屋にやってきた。とっておいた二十ポンドは、馬券委託金《ばけんいたくきん》としてジョー・グリーに預《あず》けてあった。

「ほらね、おじさん、ぼくがだいじょうぶといったら、だいじょうぶなんだよ！ そのときは、強気でいくんだ。できるだけね。そうだよね、バセット？」

「ええ、そうですとも」

「で、どんなときにだいじょうぶだと思うんだ？」おじさんは笑いながらいった。

「うーん、そうだな、たまに、ぜったいにだいじょうぶだって思えるんだ。ダフォディルのときみたいにね。あとたまに、だいじょうぶかもって思う時もある。まったく思えないときもある。そうだよね、バセット？ そのときは、用心するんだ。たいてい負けちゃうからさ」

「そうか、そうか。で、ダフォディルみたいにだいじょうぶって思うときは、どうしてそんなに自信がもてるんだ？」

「うーん、わかんないけど」ポールはそわそわした。「ただ、自信があるんだ。それだけだよ、おじさん」

「まるで天からのお告げみたいなんですよ」バセットがさっきとおなじことをいった。

「そうか、そうか」

けっきょく、おじさんはパートナーになった。セントレジャー競馬が近づいてくると、ポールはライブリー・スパークが「だいじょうぶ」だといった。だれにも相手にされていない馬だ。ポールは、どうしても千ポンド賭《か》けるといいはり、バセットは五百ポンドを、おじさんは二百ポンドを賭けた。ライブリー・スパークは一着になり、配当金は十倍だった。ポールは、一万ポンドを手に入れた。

「ほーらね。ぼく、だいじょうぶだって自信があったんだ」ポールはいった。

オスカーおじさんさえ、まるまる二千ポンドのもうけがあった。

「なあ、ポール、こうなると、かえって心配になってくるよ」

「おじさん、心配することなんかないよ。これからしばらく、だいじょうぶって思わないかもしれないし」

「だが、そのお金はどうするつもりなんだ？」

「決まってるよ。もともと、お母さんのために始めたことなんだから。お母さん、自分には運がないっていってたんだ。お父さんに運がないから。だから、ぼくに運があれば、ささやくのをやめるかもって思ったんだ」

「ささやくのをやめるって、なんのことだ？」

「ぼくたちが住んでる家だよ。あの家がささやくのが、すごくいやなんだ」

「なんてささやくんだ？」

「えっと……えっと……うーん、わかんないけど。でも、うちはいつもお金が足りないんだよ」

「ああ、知っている。わかっているさ」

「お母さんのところに手紙がくるの、知ってるでしょ？」

「ああ、そうみたいだな」

「そうすると、家がささやくんだ。かげで笑われてるみたいに。すっごくこわいんだよ！　だから、もしぼくに運があったら……」

「止められるかもしれない、と思ったんだな」

ポールは、大きな青い目でおじさんをじっと見た。目のなかに、気味の悪い冷たい炎《ほのお》が燃《も》えている。口はつぐんだままだ。

「そうか、わかったよ。で、これからどうしようか？」

「お母さんに、ぼくに運があるってことを知られたくないんだ」

「どうしてだ？」

「やめろっていわれるから」

「そんなことないだろう」

「ううん！」ポールは、しきりに身をよじった。「おじさん、ぼく、お母さんに知られたくないんだよ！」

「わかったよ、ポール。お母さんに知らせずにうまいことやってみよう」

うまいことやるのは、かんたんだった。ポールはおじさんに五千ポンドをわたし、おじさんがそれを顧問弁護士《こもんべんごし》に預《あず》け、弁護士がポールの母親に連絡《れんらく》した。ある親戚《しんせき》から五千ポンドを預かっているので、今後五年間、誕生日《たんじょうび》ごとに千ポンドずつ入金します、と。

「こうすれば、お母さんは誕生日プレゼントとして五年連続で千ポンド受けとることになる」おじさんはいった。「そのせいで、のちのちお母さんがよけい苦しんだりしないといいがね」

母親の誕生日は十一月だった。このごろ、家のなかのささやき声はますますひどくなってきて、ポールは、いくら運がよくてもこれじゃあがまんできない、と思っていた。早く千ポンドのことが書いてある手紙を受けとったお母さんの顔が見たい。

ポールはもう乳母《うば》の手をはなれていたので、お客さんがいないときは、両親と一《いっ》緒《しょ》に食事をするようになっていた。母親はほとんど毎日、街に出かけた。自分には毛皮や服のデザイン画を描《か》くちょっとした才能《さいのう》があると気づき、布地屋《ぬのじや》の責任者《せきにんしゃ》をしていた友人のスタジオでこっそり仕事をしていたからだ。その友人は、毛皮やら、スパンコールのついたシルクの服やらで着飾《きかざ》った女性《じょせい》の絵を新聞広告用に描いて、年間数千ポンドの収入《しゅうにゅう》を得ていた。でもポールの母親は数百ポンドしかもらえず、またしても不満をつのらせた。何かで一番になりたいと強く望んでいたのに、広告の絵を描くだけの仕事でも成功しなかったからだ。

誕生日の朝、母親は朝食におりてきた。ポールは、手紙を読む母親の顔を見つめていた。母親が、弁護士からの手紙を読みはじめる。だんだん顔がこわばって、そのうち無表情《むひょうじょう》になる。そして、何かを決意したみたいにくちびるを引きしめた。その手紙をほかの手紙の下にかくして、何もいわない。

「お母さん、お誕生日にいい知らせとか、来なかった?」ポールはたずねた。

「まあまあね」母親は、ぼんやりと冷たい声でいった。

そして、何もいわずに街へ出かけていった。

午後になると、オスカーおじさんがやってきて、お母さんが弁護士と長いこと話し合っていたことを教えてくれた。借金《しゃっきん》があるから、五千ポンドをいっぺんに前払《まえばら》いしてもらえないか、とたのんだそうだ。

「おじさんは、どう思う?」ポールがたずねた。

「おまえにまかせるよ」

「じゃあ、いっぺんにあげちゃってよ! ぼくたちは、残ったお金でまたもうければいいし」

「二兎《にと》を追う者は一兎をも得ず、というぞ」おじさんがいった。

「だけど、今度のグランド・ナショナル競馬は、自信があるんだ。それか、リンカーン競馬。でなかったら、ダービー競馬。そのうちどれかは、ぜったいに当たる自信があるよ」

そこでおじさんは同意書に署名《しょめい》して、ポールの母親はまるまる五千ポンドを手に入れた。すると、すごく奇妙《きみょう》なことが起きた。家のなかの声が、春の夕方に合唱するカエルみたいに、ものすごくやかましくなった。家具があたらしくなり、ポールに家庭教師《かていきょうし》がついた。今度の秋には、父親が出た名門イートン校に行くことがほんとうに決まった。冬なのに花がたくさんかざられ、母親は昔のようにぜいたくをするようになった。それでも、家のなかの声はやまない。ミモザの小枝《こえだ》やアーモンドの花のかげから、玉虫色にきらめくクッションの山の下から、高ぶった叫《さけ》び声がかん高くひびく。「お金が足りない！　ああ、ぜんぜん足りない！　もっとお金がいるんだよ！　もっともっと！　いくらでもいるんだ！」

ポールは、ひどくおびえた。家庭教師についてラテン語とギリシャ語を勉強して気をまぎらわせた。だけど、バセットと一緒《いっしょ》にいるときのほうが、ずっと集中していた。グランド・ナショナル競馬がおわり、「だいじょうぶ」だと思うこともなく、百ポンド負けてしまった。夏はすぐそこだ。リンカーン競馬のことを考えると、頭が痛《いた》くなる。けっきょくリンカーン競馬でも「だいじょうぶ」と思えずに、五十ポンド負けた。ポールは目をぎらぎらさせて、とてもふつうには見えなかった。まるで、からだのなかで何かが爆発《ばくはつ》しそうになっているみたいだ。

「気にするな、ポール！　かまわないさ！」おじさんはなぐさめた。でもポールは、おじさんのいっていることなど耳に入ってないみたいだ。

「ダービーは当てなくちゃ！　ダービーは、だいじょうぶだって思わなくちゃいけない！」ポールは何度もぶつぶついった。大きな青い目が、やたらぎらぎらと燃《も》えている。

母親は、ポールのようすがふつうではないことに気づいた。

「しばらく海辺《うみべ》の別荘《べっそう》にでも行ったらどう？　いますぐにでも行ったほうがいいわ。ええ、そうしなさい」母親は、心配そうにポールを見おろしながらいった。なんだか、ポールを見ていると胸《むね》が痛《いた》くなる。

けれどもポールは、不気味《ぶきみ》に燃《も》える青い目で見上げるだけだった。

「お母さん、ダービーがあるからいまは無理だよ。行けない」

「どうして？」母親の声は重苦しかった。「行けるでしょう？　どうしてもダービーに行きたいなら、おじさんと一緒《いっしょ》に海辺から行けばいいじゃないの。ここにいなければいけない理由はないわ。だいたい、あなたは競馬のことばかり考えすぎよ。よくない傾向《けいこう》ね。お母さんの実家はギャンブル好きで、あなたはまだわからないでしょうけれど、さんざんな目にあってきたの。ほんとうにひどい目にあってきたのよ。バセットにはやめてもらわなければいけなくなるわ。オスカーおじさんにも、競馬の話はしないようにたのまなければ。あなたが分別《ふんべつ》をもってくれると約束してくれればべつだけど。さあ、海辺に行って、忘《わす》れてしまいなさい。落ち着いてちょうだい！」

「お母さん、わかったよ。ダービーがおわるまでぼくをどこにもやらないでくれるなら、いう通りにするよ」

「まあ、この家から追いだすみたいな言い方をしないでちょうだい」

「だって……」ポールは、母親をじっと見つめた。

「まったく、どうして急に、この家にこだわりだしたの？　そんなにこの家が好きだとは知らなかったわ」

ポールはだまったまま、母親を見つめていた。秘密《ひみつ》のなかの秘密があって、バセットやおじさんにさえ、秘密にしていた。

母親は、決心がつかずにだまっていたけれど、しばらくして口をひらいた。

「わかったわ。気が進まないなら、ダービーがおわるまでは別荘《べっそう》に行かなくてもいいわよ。でも、あんまり根をつめないって約束してちょうだい。競馬だかなんだか知らないけれど、そんなことばかり考えるのはやめるって約束してね」

「うん、もちろんだよ」ポールはさらっと答えた。「そんなに考えないよ。お母さん、心配しないで。ぼくがお母さんだったら、心配なんかしないんだから」

「もしあなたがわたしで、わたしがあなただったら、どうしたらいいか、さっぱりわからないわ！」

「だけど、ほんとうに心配しなくていいんだからね」ポールはくり返した。

「そうだったらどんなにいいかしらねえ」母親は、うんざりしたみたいにいった。

「そうなんだってば。ほんとうに、心配なんかしなくていいんだってば」

「ほんとうね？　わかったわ、ようすをみることにするわ」

ポールの秘密のなかの秘密とは、あの名前のない木馬だった。乳母《うば》や、育児係《いくじがかり》を兼《か》ねた家庭教師《かていきょうし》に監視《かんし》されないようになると、家のいちばん上の階にある自分の部《へ》屋《や》に木馬をうつしてほしいとたのんだ。

「木馬で遊ぶような歳《とし》じゃないでしょう？」母親は文句《もんく》をいった。

「うん、だけど、お母さん、ほんとうの馬に乗れるようになるまでのあいだ、それっぽいことをしたいんだよ」ポールは、うまくかわした。

「この木馬で満足できるの？」母親は笑った。

「うん！　なかなかいいんだよ。ぼくが部屋にいるときは、いつもそばにいてくれるんだ」

こうして、かなり古くなった木馬は、ポールの部屋に手綱《たづな》をつけられて走っているかっこうで立つようになった。

ダービーが近づき、ポールはますます神経《しんけい》をとがらせた。人の話は耳に入らないし、だんだん弱々しくなってきて、不気味《ぶきみ》な目をしていた。母親は、急にポールのことが心配でたまらなくなってきた。たまに、発作的《ほっさてき》に不安におそわれてしばらくおさまらず、胸《むね》が苦しくなった。すぐにポールのところにかけつけて、無事をたしかめたくてたまらなくなる。

ダービーの二日前の晩《ばん》、母親は街の大きなパーティーに出かけているとき、ふいにポールのことが心配でたまらなくなり、胸が苦しくて口もきけなくなった。常識《じょうしき》的《てき》な行動をたいせつにしてきたので、必死で不安をおさえようとした。けれども、どうしてもおさまらない。母親はダンスをやめて下の階におり、電話をかけた。子どもたちのめんどうをみていた家庭教師《かていきょうし》は、夜遅《よるおそ》くに電話が鳴ったのでひどくびっくりしていた。

「ウィルモットさん、子どもたちはだいじょうぶ?」

「はい。なんにもかわったことはありません」

「ポールは?　ポールは元気にしてる?」

「すやすやと寝《ね》ていますよ。部屋《へや》に行って見てきましょうか？」

「いいえ」母親は、しぶしぶいった。「いいの、気にしないで！　かまわないでいいわ。あなたも休んでちょうだい。わたくしたちももうすぐ帰りますから」自分の息子のプライバシーを、侵害《しんがい》されたくなかった。

「わかりました」家庭教師は答えた。

夜中の一時ごろ、母親と父親は車で帰ってきた。家はしーんとしていた。母親は自分の部屋に行って、白い毛皮のコートを脱《ぬ》いだ。メイドにも、起きて待ってなくていいといってある。夫が下の階で、ウィスキーソーダをつくっている音がする。

そのとき、ふしぎな胸騒《むなさわ》ぎがして、母親はこっそり階段《かいだん》をあがってポールの部屋にむかった。足音をしのばせて、廊下《ろうか》を歩いていく。なんだか音がきこえるわ。何かしら？

母親は、部屋の前に立つと、こわばったまま耳をすました。ふしぎな、大きくはないけれど低い音がきこえてくる。心臓《しんぞう》が止まりそうになった。静かな音だけど、力強くて激《はげ》しい。何か巨大《きょだい》なものが、息を殺して荒々《あらあら》しく動いている。なんだろう？　なんの音？　どうしても確《たし》かめなくては。ききおぼえがある気がする。前にもきいたことがある音だ。

だけど、どうしてもわからない。なんの音か、はっきりとはいえない。音は、狂《くる》ったようにどんどんきこえてくる。

心配と恐怖《きょうふ》でかたまったまま、母親はそっとドアのノブに手をかけた。

部屋《へや》は真っ暗だった。窓《まど》の近くで、前後に激しく動いているものがあるのが、目でも耳でもわかる。母親は、こわごわと目をこらした。

明かりをぱっとつけると、息子が緑色のパジャマを着て、木馬の上で狂《くる》ったように揺《ゆ》れているのが見えた。まぶしい光がいきなり照らしだしたのは、木馬をかりたてるポールの姿《すがた》と、ペールグリーンの透《す》きとおるドレスを着たブロンドの母親がドアのところに立っている姿だった。

「ポール！」母親は叫《さけ》んだ。「いったい何をしているの？」

「マラバーだ!」ポールは、みょうに力強い声で叫んだ。「マラバーだよ!」

一瞬《いっしゅん》、ふしぎに無感覚《むかんかく》な間があって、ポールは目をギラリと光らせて母親を見ると、木馬をかりたてるのをやめた。そして、どさっと床《ゆか》にたおれた。母親は、ふいに苦しいほどの母性愛《ぼせいあい》があふれてきて、かけよってポールを抱《だ》きあげた。

ポールは、気を失っていた。そして意識《いしき》が戻《もど》らないまま、脳炎《のうえん》になった。うわごとをいってのたうちまわるポールのそばに、母親はつきっきりだった。

「マラバー! マラバーだ! バセット、ねえ、わかったよ! マラバーだ!」

そう叫ぶと、ポールは起きあがって、お告げをくれた木馬に乗ろうとする。

「なんのことかしら、マラバーって?」母親は、胸《むね》が苦しくてしめつけられそうだった。

「わからないなあ」父親は冷たくいった。

「マラバーって、なんのこと?」母親は、オスカーおじにたずねた。

「ダービーで走る馬の名前だよ」

するとオスカーおじさんはがまんができなくなり、バセットにその話をして、自分もマラバーに千ポンド賭《か》けた。配当は十四倍だ。

三日目が、病気のやまだった。みんな、快復《かいふく》を期待していた。ポールは長い巻《ま》き毛をふりみだし、ひっきりなしに寝返《ねがえ》りを打っていた。眠《ねむ》りもしないし、意識《いしき》も戻《もど》らない。目は、青い石のようだ。母親はぼうっとしたままつきそって、自分も石になったような気がしていた。

夕方になっても、オスカーおじさんはあらわれなかったけれど、バセットがほんの少しでいいからお見舞《みま》いに行かせてもらえないかといってきた。母親はじゃまに感じてむっとしたけれど、考え直して、どうぞと答えた。ポールの病状《びょうじょう》は変化ない。もしかしたらバセットに会って意識が戻るかもしれない。

バセットは、茶色いちょびひげをはやして鋭《するど》い茶色の小さい目をした小柄《こがら》な男で、そーっと部屋《へや》に入ってくると、かぶってもいない帽子《ぼうし》をとるようなしぐさで母親にあいさつをすると、静かにベッドに近づいた。小さい目をぎらぎらさせながら、死にそうに苦しんでのたうちまわるポールを見つめる。

「ポールさん！」バセットはささやいた。「ポールさん！　マラバーが一着になりましたよ。文句《もんく》なしの優勝《ゆうしょう》です。いわれたとおりにしましたよ。七万ポンド以上のもうけです。これで、八万ポンドをこえました。マラバーがやってのけたんですよ」

「マラバー！　マラバー！　お母さん、ぼく、マラバーっていったよね？　マラバーっていったでしょ？　お母さん、ぼくは運があると思わない？　マラバーだってわかったんだよ！　八万ポンド以上ももうけたんだ！　これって運だよね？　八万ポンド以上だよ！　ぼく、だいじょうぶだってわかったんだ。わかるって自信があったんだ。マラバーがやったんだよ！　あの木馬に乗ってだいじょうぶだってわかれば、バセット、ちゃんと教えてあげるから、好きなだけ賭ければいいよ。バセット、ありったけを賭けた？」

「千ポンドかけました」

「お母さん、いままでだまってたけど、ぼくがあの木馬に乗って、ちゃんと行きたい場所に着けば、だいじょうぶだってわかるんだよ。ぜったいにだいじょうぶだってね！　お母さん、ぼく、いわなかったっけ？　ぼくは運があるんだよ！」

「いいえ、きいてませんよ」

ポールは、その夜、息絶《いきた》えた。

そして、ポールの亡骸《なきがら》を前にして、母親はオスカーおじの声をきいていた。「ああ、なんてことだ、ヘスター、きみは八万あまりもうけたけど、息子《むすこ》を失ってしまった。だが、かわいそうに、あの子は命を失ったほうがよかったんだよ。この世にいても、木馬に乗って勝ち馬をさがすしかなかったんだから」

ストライキ手当て

Strike-Pay

ストライキの最中に出る手当ては、プリミティヴ・メソジスト教会で支給《しきゅう》される。水曜の早朝、支払《しはら》いは十時から始まるという知らせがまわった。

プリミティヴ・メソジスト教会は、だだっ広くて、炭鉱夫《たんこうふ》が自《みずか》ら設計《せっけい》し、費用を出し、建てた。とはいえ、つくったそばから倒《たお》れそうだったから、けっきょくプロの建築家《けんちくか》にたのんで補強《ほきょう》しなければいけなかった。

教会があるのは、「広場」と呼《よ》ばれる場所だ。四十年前、ブライアン&《アンド》ウェントワース社が炭鉱をひらいたとき、四角い区画に炭鉱夫の社宅《しゃたく》をつくった。家が建ち並《なら》ぶ大きな区画がふたつあり、植物も育たない中庭には、こわれた鉢《はち》やらがらくたやらが散らばっていたけれど、でこぼこだらけの傾斜《けいしゃ》した地面は子どものいい遊び場になったし、女たちが洗濯《せんたく》ものを干《ほ》すにもちょうどよかった。

いまでも水曜を洗濯の日にしている女たちがいる。教会のまわりに集まる男たちの耳に、たらいのなかの洗濯ものを木のすりこぎでたたく音がドスドスときこえてくる。広場では、はりめぐらされたロープに白い服が干されて風に揺《ゆ》れている。あちこちで、女たちが洗濯ものを干しながら、男たちや、はためくシーツの下をくぐって遊ぶ子どもたちに声をかける。

ベン・タウンゼンドは組合の役員で、手当ての渡《わた》し方がどうも下手《へた》だ。自分の巡《じゅん》回順《かいじゅん》に炭鉱夫を名前で呼《よ》ぶ。話が大げさで、白髪《しらが》まじりの口ひげをはやした体格《たいかく》のいい男で、教会学校の教室のテーブルの前にすわり、つぎつぎに名前を呼んでいく。教室は炭鉱夫であふれかえり、全員入りきれないほどだ。なかも外も、しっちゃかめっちゃかだ。ベンが、スカーギル通りの名簿《めいぼ》から、クイーーン通りの名簿へといきなりとぶ。クイーーン通りの炭鉱夫にとっては不意《ふい》打《う》ちで、まだうしろのほうにいる。

「ジョゼフ・グルーービーー、ジョゼフ・グルーービーー！　おい、ジョゼフ、どこにいる？」

「すんません、ちょっとお待ちを！　すぐ行きます」教室の外から声がする。男たちが騒《さわ》ぎだす。

「いまはクイーン通りをやってるんだぞ。クイーン通りの者たちは準備《じゅんび》しとけ。さあ、ジョゼフ、ほら」ベンが声をはりあげた。

「子ども五人ぶんですよ！」ジョゼフは、うたがわしそうにお金を数えた。

「ああ、そのはずだ、たぶん。十五シリングあるだろう？」ベンがもったいぶっていう。

「子どもひとりにつき、一シリング」ジョゼフがいった。

「トマス・セジウィック！　やあ、トム、かみさんはよくなったか？」

「ええ、そりゃあもう、元気にやってるよ。いやいや、ベン、今日は大忙《おおいそが》しだなあ」炭鉱《たんこう》を捨《す》て組合の役員になって楽をしているベンに対する当てこすりだ。

「ああ。四時起きで金をとりにいったよ」

「はたらきすぎでからだをこわすなよ」この皮肉に、みんなはどっと笑った。

「ああ。ジョン・マーフィン！」

炭鉱夫たちは、待ちくたびれ、しかもストライキのお祭り気分で盛《も》りあがっていたので、マーフィンをからかい始めた。マーフィンは若《わか》くて身なりに気をつかっている。この教会の合唱団長《だんちょう》だ。

「その襟《えり》、切れそうにぴしっとしてるな」皮肉な声があがった。

「讃美歌《さんびか》第九番。おれの息子《むすこ》は太っちょジョン、ぶよぶよジョン、いっちょうらを着てベッドイン」まじめくさって歌う者もいる。

マーフィンは、袖口《そでぐち》が指の関節まである白いシャツを着て、半ポンド金貨を受けとると、堂々と出ていった。

「サム・クーツ！」ベンが呼《よ》ぶ。

「おい、サム、ちゃんと数えたほうがいいぞ！」楽しそうな声があがる。

サム・クーツは、背筋《せすじ》だけはぴんとした役立たずだった。受け取った二シリングをおどおどしながら見つめる。

「あと二シリングやれ。サムは、月曜の夜にふたごが生まれたんだ。おい、サム、もらえるもんはもらっとけ。その手でかせいだ金だ。遠慮《えんりょ》はいらん。なあ、ふたごのぶんを二シリングやってくれよ」まわりにいた男たちがわめく。

サムは、きまり悪そうにニヤニヤして突《つ》っ立っていた。

「サム、事前に連絡《れんらく》が必要だったんだ。来週ぶんはちゃんともらえるようにしてやるよ」ベンがなぐさめるようにいった。

「いやいや、そうはいかん。即金《そっきん》じゃなくちゃ。もう現物《げんぶつ》は届《とど》いてるんだ」わめく声がする。

「サム、しっかり取り分はもらえ。自分がかせいだぶんだ」みんながいっせいにわめきだしたので、ベンはもう一枚《まい》、二シリング銀貨をわたして、やっと騒《さわ》ぎをしずめた。サムは満足そうにニヤニヤした。

「ナイスシュート、サム」男たちは叫《さけ》んだ。

「イフレイム・ウォーンビー！」ベンが叫ぶ。

ひとりの若者《わかもの》が前に出る。

「前払《まえばら》いで六ペンスやりな」ふざけていう声がする。

「いやいや、即金だ」ベンが答えた。

どっと笑い声が起きる。みんな、盛《も》りあがっていた。

炭鉱夫《たんこうふ》たちは街にぞろぞろとくりだして、大笑いしながらしゃべった。市場には、しゃがんでいる炭鉱夫たちがたくさんいる。パブを出入りする姿《すがた》も見える。どのパブのカウンターにも、十シリング金貨が置かれるカチリという音がひびいていた。

「なあ、イフレイム、ノッティンガムにサッカーを観《み》に行かねえか？」サム・クーツが、このやせて青白い顔をした二十二歳《さい》の若者にたずねた。

「こんな天気の悪い日に、そんな遠いとこまで歩きたくねえな」

「体力がもう残ってねえんだろうよ」そういう声がして、笑いが起きた。

「それ、どういう意味だ？」むりもない質問《しつもん》だ。

「新婚《しんこん》さんだぞ。そりゃあ、体力をしぼりとられるさ」クリス・スミザリンゲイルがいった。

イフレイムはしばらくのあいだ、こんなふうにからかわれた。

「一緒《いっしょ》に行こうぜ。少しくらいならいいだろうさ」サムがいう。

まだ十一時だが、一行は出発した。これから九マイル歩く。通りは、ノッティンガム対アストン・ヴィラのサッカーの試合を徒歩で観《み》にいく炭鉱夫《たんこうふ》でいっぱいだった。イフレイムの一行は、余分《よぶん》の二シリングをもらった肩《かた》のがっちりしたサム・クーツ、いつもにこにこしているデブのクリス・スミザリンゲイル、背《せ》が高くて兵士みたいにしゃきっとした黒髪《くろかみ》で偉《えら》ぶったジョン・ウォーンビーという顔ぶれだ。ジョンは、人一倍目立つ男で、どんなものでも楽器にできるといいきっていた。

「櫛《くし》から何から、楽器にしてみせる。ものが音楽を出したがってるなら、おれが引っぱりだしてやる。どんな形でも、おれの目の前に置いてみろ、見たことがあろうがなかろうが関係なく、五分もあれば、音を出してやるよ」

最初の二マイルは、ジョン・ウォーンビーがそんな話で盛《も》りあげた。ほんとうの話で、マンドリンをこの町ではじめて演奏《えんそう》して騒《さわ》がれたこともあった。仲間の炭鉱夫たちは、ジョンがイブニングスーツを着た立派《りっぱ》な姿《すがた》で壇上《だんじょう》にあらわれ、黒髪の頭を下げ、握《にぎ》りつぶせそうな大きな両手でマンドリンを奏《かな》でたとき、誇《ほこ》らしさでいっぱいになった。

クリスがギルト・ブルックの〝ホワイトブル〟で、ビールを一缶《かん》ずつ、みんなにふるまった。キンバリーのてっぺんでは、ジョンがおごる番だった。

「シンダー・ヒルに着くまでは、もう飲まないぞ。ナットールまでノンストップで行こう」

一行は、芽《め》ぶきはじめた木々の下、広い通りを軽快《けいかい》に歩いた。ナットールの教会では、枝《えだ》を大きくはったイチイの木々のわきでクロッカスが燃《も》えるような黄色い花を咲《さ》かせている。白と紫《むらさき》のクロッカスが墓石《はかいし》の上にそなえられていて、まるで教会が小さな炎《ほのお》の舌《した》を突《つ》きだしているみたいだ。

「おい、見ろよ」イフレイムがいった。炭鉱では、馬を引く役目だ。「ほら、大佐《たいさ》が来たぞ。あの馬の足の上げ方ときたら。なんてうつくしいんだ！」

大佐《たいさ》は一行を馬車で通り過《す》ぎていった。イフレイムには目もくれない。

「なあ、きいたか？　ドイツでもストライキを始めるそうだぞ。何千人もだ。暴動《ぼうどう》が起きるな」

「フランスもだぞ」クリスが叫《さけ》んだ。

男たちはみんな、くすくす笑った。

「こうなったら、二十パーセント以下の賃上《ちんあ》げじゃ、後戻《あともど》りはできんな」

「なんとかして勝ちとらなきゃ」クリスがいう。

「楽勝だ！　あいつら、おれたちがいなきゃ何もできねえんだから。好きなだけストしてたらいいんだよ」

「望むところだ」サムがいって、笑いが起きた。みんな、おたがいの顔を見た。電流が走るみたいにぞくぞくする。

「あきらめずにつづけよう。そうすりゃあ、だれが勝者かはすぐにわかる」

「おれたちだ！」サムが叫ぶ。「だいたい、あいつらに何ができる？　おれたち全員、ストを始めたら、なんもできねえだろうよ」

「なんもできねえ！」ジョンがいう。「雇《やと》い主《ぬし》たちはとっくに、水に浮《う》かんだコルクみたいにあっぷあっぷだ」ベストウッドの近くに、湖のように大きい天然の池があるので、こんな例えを思いついたらしい。

　またしても、男たちは高揚感《こうようかん》にさらわれ、からだじゅうを血がかけめぐった。押《お》し殺したようにくっくっと笑う。この危機的状況《ききてきじょうきょう》に、炭鉱夫《たんこうふ》たちの頭には闘《たたか》うことと勝つことしかなかった。

　ナットールに着くと、畑を越《こ》えてブルウェルに行って、そこからノッティンガムに入ろうといいだす者がいた。一行は一列になり、休閑地《きゅうかんち》を横切り、森をぬけ、いまは汽車が走っていない線路を通った。畑をふたつ越えた先に、炭鉱の仔馬《こうま》が群《む》れをなしていた。色はさまざまだけど、ほとんどは赤と茶色で、畑に集まってじっとしている。地面に踏《ふ》まれたあとが二本の線で残っているので、飼《か》い葉が置かれている場所がわかる。

「ありゃあ、炭鉱《たんこう》の馬だ。乗ってみようぜ」サムがいった。

「サーカスみたいだな。あの白と茶色のブチを見てみろよ。七頭もいる」イフレイムがいった。

仔馬《こうま》たちは自由に慣《な》れてないらしく、動きが鈍《にぶ》い。たまに一頭だけ群《む》れからはなれてうろつくけれど、ほとんど立ったまま、赤茶色とブチと白が二列になって、さんざん踏《ふ》みつけられた野原にじっとしている。よく晴れて空は水色で、いかにも植物がよく育ちそうな日だ。あちこちで静かに樹液《じゅえき》がわきでている。

「乗ろうぜ」イフレイムがいう。

男たちは、馬に近づいていった。

「どうどう、タフィ、どうどう、ジンジャー、どうどう」

馬たちは、ぱっと頭を上げて逃《に》げた。けれども、地上に出た興奮《こうふん》がすでに冷《さ》めていたので、ぼんやりして元気がなかった。炭鉱のあたたかさと活気が恋《こい》しい。毎日が空っぽだと思っているような顔をしている。

イフレイムとサムは、元気な馬を二頭つかまえて乗り回し、のろのろしたほかの馬は野原のすみっこに追い立てた。どの馬も高級種で、よく手入れされていた。けれども、なんとなく場違《ばちが》いに見える。

調子に乗って離《はな》れ業《わざ》をやってみせたので、イフレイムは鞍《くら》から転げ落ちた。すぐに起きあがり、馬を追いかけたが、また投げ出された。そんなことをしたあと、男たちはまたノッティンガムへと歩きだした。

さびれたブルウェルの近くまで来たとき、イフレイムが自分がビールをおごる番だと思いだし、ポケットをさぐり、ストライキ手当てにもらったたいせつな半ポンド金貨をさがした。どこにもない。ぜんぶのポケットをさがしているうちに、心がずんと重くなった。

「サム、半ポンド金貨、なくしちまったらしい」

「どっかにまぎれてるんじゃねえか」クリスがいう。

みんなは、上着とチョッキを脱《ぬ》がせた。クリスが上着《うわぎ》を、サムがチョッキを調べ、イフレイムははいているズボンをすみずみまで手探《てさぐ》りした。

「うーん、この上着には、なんもねえなあ」

「チョッキのほうも、金目のものはボタンしかねえぞ」

「ズボンにも入ってなかった」イフレイムはいって、ブーツと靴下《くつした》を脱いだ。やっぱり、ない。ほかには一枚《まい》も金貨はもってなかった。

「そっか、引きかえしてさがすっきゃねえな」クリスがいう。

四人は引きかえした。まじめな顔をしてしんけんに野原をさがしまわったけれど、見つからない。

「しょうがない。おれたちのぶんを分けてやるよ」クリスがいう。

「ああ、そうしよう」ジョンがいった。

「そうだな」サムもいう。

「ひとり二シリングだ」クリスがいった。

イフレイムは、すっかり絶望《ぜつぼう》していたけれど、申し訳《わけ》なさそうに六シリングを受けとった。

ブルウェルで、四人は小さいパブに入った。床《ゆか》がレンガの長細いつくりで、小さめのベンチと小さめのテーブルが置いてある。中央の何も置いてないスペースに、炭鉱夫《たんこうふ》が集まって飲んでいた。ストライキ中はみんなしょっちゅう酒を飲んでいるけれど、量自体は少ない。ふたりの男がチェスのまねごとをやっていて、ほかの男たちはどっちが勝つか賭《か》けていた。セコンドたちがボードの両側にすわり、集めて帽子《ぼうし》に入れた六ペンス銀貨やペニー銅貨《どうか》の掛《か》け金《きん》をもっている。

サムとクリスとジョンはすぐに、見こみがありそうなほうに賭けた。そのうちサムは、自分が勝者と対戦するといいだした。ベストウッドではチャンピオンだ。クリスとジョンは大金を賭け、ついてないイフレイムまで、六ペンスをつぎこんだ。けっきょく、サムは二・五シリングの勝ちをおさめ、すぐにその金で仲間に、酒とパンとチーズをおごった。一時半になって、四人はまた歩きだした。

ノッティンガム対アストン・ヴィラ戦は、いい試合だった。前半は無得点で、最終的には二対〇でノッティンガムが勝った。炭鉱夫《たんこうふ》たちは、すっかり舞《ま》い上がった。ノッティンガムのフォワードをしているフリントが、四人ともよく知っているアンダーウッド出身で、うまいこと二点も入れたので、なおさら大喜びだった。

イフレイムは、試合が終わってすぐに帰ろうと決めた。このあと〝パンチボウル〟でジョンがピアノをひき、サムが自慢《じまん》のテノールでうたい、クリスがはやし立てているうちに夜になるのはわかっている。だから、家に帰らなきゃいけないといって、別れのあいさつをした。みんな、イフレイムのじめじめした気分がうつりそうなのに気づいていたので、引きとめもしなかった。

イフレイムは、サッカー場の近くで事故《じこ》を目撃《もくげき》してしまい、よけいへこんだ。排水路《はいすいろ》で工事をしていた作業員《さぎょういん》が、鉄の桶《おけ》に泥《どろ》を積み、馬車で運んで積みあげていたが、表面が固くなったその泥の山に馬と一緒《いっしょ》に転げ落ちてしまった。山がくずれ、作業員は馬の下敷《したじ》きになり、しばらく発見されなかった。脚《あし》が二本、泥の山から突《つ》き出ているのを見つけて助けだしたときには、窒息《ちっそく》して亡《な》くなっていた。馬は、首がすぽっとぬけそうなくらい引っぱられて、やっと泥から出られた。

イフレイムは帰りながら、死と喪失《そうしつ》と闘争《とうそう》についてぼんやり考えた。死は、自分が失ったものよりも大きな喪失だし、ストライキは、自分がこれからしなければいけない闘《たたか》いよりも大きい闘争だ。

家についたのは、暗くなり始めた七時だった。クイーン通りの家に、二か月前に結婚《けっこん》した若《わか》い妻《つま》のモードと、六十四歳《さい》の未亡人《みぼうじん》の義理《ぎり》の母と一緒に住んでいる。モードは十一人きょうだいの末っ子で、兄も姉もみんな結婚していた。

イフレイムは踏《ふ》み段《だん》をあがって家に入った。台所に明かりがついている。義理の母は、しゃきっとして体格《たいかく》がよく、しわくちゃのたるんだ顔に、冷たい青い目をしていた。妻も大柄《おおがら》で、ほぐしたロープみたいなちりちりの髪《かみ》をしていた。からだは大きいのに、ねこのように忍《しの》び足でするすると歩く。いまは、妊娠《にんしん》五か月だ。

「いったいどこにいらしてたのかしら？」義母が背筋《せすじ》をぴんとのばして、つっかかるようにたずねた。怒《おこ》っていると、言葉がていねいになる。

「試合を観《み》にね」

「へーえ、それはそれは！　遠出をするつもりだなんて、ひと言もきいてなかったけどねえ」

「そのつもりじゃなかったから」イフレイムは、ダービシャー訛《なま》りのまま答えた。

「思いついたらすぐに出発ってわけ」義母《ぎぼ》は、まだつっかかってくる。

「そういうわけじゃない。クリス・スミザリンゲイルに誘《さそ》われてね」

「自分は乗り気じゃなかったとでも？」

「べつに行きたくなかったよ」

「なのに、断《ことわ》れなかったってこと？」

イフレイムは答えなかった。内心、義母が憎《にく》らしかった。けれども、イフレイムがよくいう、頭がごちゃごちゃ状態《じょうたい》だった。ストライキ手当てをなくしたり、作業《さぎょう》員《いん》の事故現場《じこげんば》を見たりで、混乱《こんらん》していた。だから、そもそもこわいと思っている義母の前では何もいえなくなってしまう。妻《つま》のモードはイフレイムのほうを見るわけでもしゃべるわけでもなく、うつむいていた。どうせ義母の味方だ。

「モードはずっとお金を待ってたのよ。物入りなもんだから」義母がいう。

イフレイムはだまったまま五シリング六ペンスをテーブルに置いた。

「モード、もらっときなさい」

モードは、お金をとった。

「食費に使わなきゃいけないんじゃない？」モードはこそこそと母親にたずねた。「それよりも、自分で買いたいものがあるんじゃなかった？」

「いいえ、何もほしくないわ」

義母は銀貨を手にとって数えた。

「あなた、まさか……」義母は、縮《ちぢ》こまって小さくなっている息子《むすこ》にむかって、堂々とした口調《くちょう》でゆっくりといった。「あなたたち夫婦《ふうふ》を、一週間、五シリング六ペンスで食べさせられるとでも思ってるの？」

「それで全部だ」イフレイムはむすっとしていった。

「さぞかし豪勢《ごうせい》な旅をしてきたんでしょうねえ。四シリング六ペンスもかかったなんて。試合はずいぶん早くに始まったんでしょうよ」

イフレイムはだまっていた。

「けっこうな話だこと！　ここでモードとわたしは、午前中の十一時からすわって待ってたのよ！　昼食の用意をして、片《かた》づけて、お茶を飲んで、食器を洗《あら》って、そうしたら、五シリング六ペンスもってこそこそ帰ってきたんだから。五シリング六ペンスで、夫婦《ふうふ》の一週間ぶんの食費をまかなえって？」

それでもイフレイムはだまっていた。

「ちょっと、イフレイム・ウォーンビー、あんたうぬぼれてるんじゃないの？　自分をたいした人間だと思ってるんでしょう。どうせ、わたしが自分と自分の妻《つま》のめんどうをみるとでも思ってるんでしょうよ。そのあいだに自分は休暇《きゅうか》をとって、ノッティンガムへ浮《う》き浮きと出かけて、酒を飲んで女と遊ぶってわけ」

「おれは、酒も飲んでないし、女とも遊んでない。わかってると思うけどね」イフレイムはいった。

「へーえ、それは初耳だわ。そんなふうにむすっとしてたら、だれが見てもわたしたちを他人だと思うでしょうよ。ああ、そうそう、いまはお祭り騒《さわ》ぎの時期だったっけ。ストライキだから。それで男たちはみんな、ストライキをやるんだね。好きなだけ楽しめるから。朝から晩《ばん》まで、飲んだりはしゃいだり。ねえ？」

「お茶も出してくれないのか？」イフレイムはむっとした。

「はあ？　たいした言いぐさだねえ！　いったいだれの家にいると思ってるんだい？　わたしに命令するとはねえ。ああ、そうか、ストライキのせいですっかり偉《えら》くなったつもりなんだね。何時間もお祭り騒ぎして帰ってきたと思ったら、いばって指図《さしず》するとは、まったく偉くなったもんだよ。まったく、ストライキがどんだけすごいと思ってるんだろう。酒をがぶがぶ飲んで、ノッティンガムをぶらぶらほっつき歩いて。家のことは妻《つま》に任《まか》せとけばいいって？　家に食べるものが多少あれば、それでいいとでも？　それ以上何もいらないって？　へーえ、そうかい。女子どもがおなかをすかしてひいひいいっててもおかまいなしで、男だけ好きなだけ食ってあばれてってわけかい。ふーん、そうかい、そうかい。買ったものの代金も払《はら》わなくていいし、家賃《やちん》だって知ったこっちゃないってね。子どもたちには、手に入ったものをてきとうに食わせとけばいいってね。男だけが、好き勝手に楽しむってわけ。だけどね、この家ではそうはいかないよ」

「おい、茶も出せないのか？」

義母《ぎぼ》はぎくっとして立ちあがった。

「わたしに偉《えら》そうな口をきいたら、ただじゃおかないよ」

「おい、いいから、とっとと、おれに、茶を、出せと、いってるんだが、きこえないのか？」イフレイムはいらいらして、わざと言葉を区切っていった。

「モード！」義母は、いばった冷たい声でいった。「これだけいわれてお茶なんか出したら、おまえも地に落ちるよ」そういうなり、義母は、ほかの娘《むすめ》の家に行こうと出ていった。

　モードは、だまってお茶の用意をした。

「食事をあっためる？」モードがたずねる。

「ああ」

　モードは夫の世話をしてやった。いうなりになったわけではない。夫は自分の男であって、母親の男ではないからだ。

ウサギのアドルフ

Rabbit in the House

ぼくたちが小さかったころ、父は炭鉱《たんこう》の仕事が夜の当番になることが多かった。春になり、父がつかれて真っ黒になって帰ってくるとき、ちょうどぼくたちはパジャマ姿《すがた》のまま居間《いま》にいた。そんなとき、夜と朝がはちあわせになる。その対面は、あまり楽しいものとはいえなかった。たぶん父にしてみたら、ぼくたちが元気よくあたらしい一日を始めようとしているとき、自分が汚《よご》れたからだをしてくたくたなのはつらかっただろう。春の朝日がかがやくなか、これから寝《ね》るというのもつまらない。

とはいえ、父がうれしそうにしているときもあった。露《つゆ》が光る明け方の野原をしばらく歩いてきたときだ。父は、夜の炭鉱ではたらいたあとの、きらきら光る広々とした朝の世界が大好きだった。あらゆる鳥を観察《かんさつ》し、揺《ゆ》れる草のなかで動く気配に気づき、タゲリの高い鳴き声に返事をし、ミソサザイがピーチク鳴く声のまねをした。馬のいななきや、鳥のさえずりなど、動物の言葉で話せたらどんなにいいだろうと思っていたみたいだ。父は、人間ではない野生のものを好んだ。

ある晴れた朝、ぼくたちが朝食のテーブルをかこんでいると、玄関《げんかん》前の踏《ふ》み段《だん》をのぼってくる父の重たい足音がきこえた。ぼくたちは、そわそわした。父がいるといつも、その場の空気が重苦しくなる。父の影《かげ》が窓《まど》の前を過《す》ぎ、流しのほうにいって水筒《すいとう》を置く音がした。そして父は、そのまま居間に入ってきた。何かいいたいことがあるらしい。だれも、口をひらかない。ぼくたちは、汚れた父の顔をじっと見ていた。

「飲みものをくれ」父がいう。

母がいそいでお茶をカップに注《つ》いだ。父は冷ますために受け皿にこぼしたけれど、飲まずに、何かをテーブルの上のカップのあいだに置いた。小さい茶色のウサギだ！　ほんとうにチビのうさぎが、置物みたいにパンの前にすわっている。

「ウサギだ！　赤ちゃんウサギ！　お父さん、だれにもらったの？」

父はいいたいことがあるみたいに笑っただけで、充血《じゅうけつ》した灰色《はいいろ》の目をさっと動かし、上着《うわぎ》を脱《ぬ》ぎに行った。ぼくたちは、ウサギのまわりに集まった。

「生きてるの？　心臓《しんぞう》、動いてる？」

父が戻《もど》ってきて、ひじかけイスにどさっとすわった。受け皿を引き寄《よ》せ、黒い口ひげの下で赤いくちびるをとがらせて、ふうふうお茶を吹《ふ》く。

「お父さん、この子、どうしたの？」

「拾ったんだよ」父は、腕《うで》で口とひげをぬぐった。

「どこで？」

「野生なの？」母がぱっと口をはさむ。

「ああ、そうだ」

「だったらどうして連れてきたのよ？」母が叫《さけ》んだ。

「えーっ、飼《か》いたいよーっ」ぼくたちは声をあげた。

「ええ、そうでしょうけどね」母はいったけれど、ぼくたちが質問《しつもん》を浴《あ》びせかけているのできこえない。

野原を歩いているとき、父は母ウサギと赤ちゃんウサギが三匹《びき》、死んでいるのを見つけた。この一匹《ぴき》だけ生きていたけど、動かない。

「だけど、なんで死んじゃったの？」

「さあ、わからないいな。何か悪いものでも食べたのかもしれん」

「どうして連れてきたの？」またしても母の責《せ》める声がした。「どうなるか、わかってるでしょうに」

父は返事をしない。かわりに、ぼくたちが抗議《こうぎ》の声をあげた。

「連れてくるしかないよ。まだ小さくて、ひとりじゃ生きてけないんだから。死んじゃうよ」ぼくたちはいいはった。

「そうよ。もうすぐ、死んじゃうのよ。それでまた、大騒《おおさわ》ぎになるんだわ」

母は、ペットが死んで家族全員が悲嘆《ひたん》にくれるなんてたまらない、と思っていた。

ぼくたちの心は沈《しず》んだ。

「死なないよね？　お父さん、ねえ？　なんで死ぬの？　死なないよね？」

「死なないと思うがね」

「死ぬに決まってるでしょう。前にもさんざんこりてるはずじゃない！」母がいう。

「動物がいつもいつもやつれて死ぬってわけじゃない」父がむっとしていいかえした。

けれども母は、いままでに連れてきた小動物だって元気をなくして食べようとしなくなったじゃないの、といった。そのせいで家じゅうが泣きわめいてさんざんひどい目にあったでしょう、と。

問題発生だ。そのウサギはぼくたちのひざの上にすわったまま、ぴくりとも動かずに、暗い目を見ひらいている。ぼくたちはあたためたミルクをもってきて、鼻先に差しだした。ウサギは、まるで自分だけ遠くにいるみたいにじっとしている。どこか人目につかない巣穴《すあな》の奥《おく》でぼんやり引きこもっているみたいに。口とひげにミルクをつけてやったけれど、反応《はんのう》はない。白いしずくを払《はら》おうともしない。妹がひとり、涙《なみだ》を流しはじめた。

「だからいったでしょう?」母が叫《さけ》んだ。「野原に置きにいってらっしゃい」

けれども、母の命令はむだだった。着替《きが》えて学校に行く時間だったからだ。ウサギは、じっとすわっていた。ぼやけた小さい雲みたいに。その姿《すがた》を見ているうちに、ぼくたちの興奮《こうふん》は消えていった。このウサギを大好きになっても、いくら恋い焦《こ》がれても、なんにもならない。ぼくたちはいきなり愛情《あいじょう》を浴《あ》びせかけてしまったけれど、ほんとうはうまくかわさなければいけなかった。好きだ、かわいい、という気持ちは、このウサギにとっては押《お》しつけでしかない。小さい野生の動物は、ぼくたちが愛情をもって近づくと、さらにだまりこくって息を殺し、動かなくなってしまう。愛してはいけない。ありのままの姿をじっと見守るべきだ。

だから、ぼくは妹と母にいいわたした。ウサギに話しかけちゃいけないし、じっとながめてもいけない。フランネルの布《ぬの》にそっとくるんで、冷え切った居間《いま》のすみっこの暗がりに連れていき、鼻先にミルクのお皿を置いた。母には、ぼくたちが学校にいるあいだは居間《いま》に入らないようにたのんだ。

「わたしが、おまえのくだらない遊びに関心があるとでも思ってるの？」母はむっとしていった。とはいえ、たぶん居間には入らなかったと思う。

昼に学校から戻《もど》ってそっと居間に入ると、ウサギはじっと動かずにフランネルにくるまれたままでいた。灰色《はいいろ》と茶色の混《ま》ざったふしぎな生きものに見えたけれど、まだ生きている！　さあ、どうすればいい？

「お母さん、どうしてミルクをのまないんだろう？」ぼくたちは、ひそひそ声でたずねた。父が寝《ね》ていたからだ。

「もう生きていたくないと思ってるんじゃないの。バカな生きものだね」生きていたくない？　まさかそんなことを考えているのか？　ぼくたちは、鼻先にタンポポのあたらしい葉っぱを当ててみた。スフィンクスだってもうちょっと反応《はんのう》してくれそうなほど、反応がない。とはいえ、目はきらきらしている。

ところがお茶の時間になると、数センチだけ動いたらしく、フランネルから出ていた。あいかわらずひげ一本動かさずに、だまりこくった茶色い雲みたいにすわっている。でも横から見ると、胸《むね》のあたりがぴくぴくして生きているのがわかった。

夜になって、父は仕事に出かけた。ウサギはまだ動かない。妹たちは絶望《ぜつぼう》して口をつぐみ、寝る前にわんわん泣いた。母の怒《いか》りがぐんぐんわきあがってきて、お父さんが気まぐれを起こすからだとぶつぶつ文句《もんく》をいった。

ウサギをまた古いチョッキにくるんで、今度は流しの前に連れていき、暖炉《だんろ》の前に置いた。こうすれば、巣穴《すあな》にいる気分になるかもしれない。お皿を四、五枚《まい》、床《ゆか》の上に置いて、外に出る気になったときに食べものを探《さが》さなくていいようにした。そのあと、母に必要なものを流し場からもちだしてもらって、ドアをぜったいにあけないようにたのんだ。

朝がきて明るくなると、ぼくは階段《かいだん》をおりていった。流し場のドアをあけると、ごそごそという音がする。床じゅうにミルクがたれて、ウサギのふんがお皿の上にのっている。そして、いたずらウサギが、ブーツのかげから耳の先をのぞかせていた。ぼくは、そっとのぞきこんだ。ウサギはうたがっているような目を光らせ、鼻をぴくぴくさせ、見ていないふりをしてぼくを見ていた。

生きている。元気だ。だけど、まだ安心できない。

「お父さん！」父がドアのところに来ていた。「お父さん、ウサギ、生きてるよ」

「生き返ったな」

「おどかさないようにしてね」

けっきょく夜には、ウサギはすっかりなついていた。名前は、アドルフになった。ぼくたちは、すっかりアドルフに夢中《むちゅう》になった。でも、愛しすぎてはいけない。最後まで野生の孤独《こどく》な生きものだ。けれども、うれしいことには変わりない。

小屋に入れるには小さすぎるから家のなかで放し飼《が》いにするしかない、ということになった。母は反対したけど、むだだった。アドルフは、こんなに小さいんだから。ぼくたちは、二階に連れていった。アドルフはベッドの上にふんをしたけれど、それさえうれしかった。

アドルフは、すぐに家になじんだ。自由に動きまわって、家具のうしろをトンネルや穴《あな》にして、すごく幸せそうだ。

ぼくたちは、アドルフと一緒《いっしょ》に食事をするのが好きだった。アドルフはテーブルの上に背中《せなか》を丸めてすわり、ミルクをのみながら、ひげと耳をぴくぴくさせて、お皿の前からとびのいたり、何ごともなかったみたいにぴょんと戻《もど》ってきたりする。ふいに何かに気をとられて、ちょんちょんと歩くと、砂糖《さとう》つぼのなかをふしぎそうにのぞきこんだ。前脚《まえあし》をぱたぱたさせてから、つぼのふちにかけて、細い首をのばしてのぞきこんでいる。角砂糖《かくざとう》を見てひげをふるわせて、ひとつ、うまいこと取りだした。

「見過《みす》ごせると思う？　動物が砂糖つぼに脚を入れるなんて！」母は叫《さけ》んで、テーブルをばんと叩《たた》いた。

すっかり興奮《こうふん》していたアドルフははしゃいでおしりをひょいと上げて、カップを倒《たお》した。

「お母さんのせいだからね。アドルフだって、よけいなことしなければ……」

アドルフは、お茶の時間も一緒《いっしょ》だった。ぬるい紅茶《こうちゃ》が好きだった。砂糖《さとう》も大好きだ。角砂糖《かくざとう》をかじってから、バターに興味《きょうみ》をひかれたらしいが、母にしっしっとやられた。でもすぐに、追い払《はら》われても気にしないようになった。母はアドルフが鼻先を食べ物につっこむのをいやがりつづけたが、アドルフはそうするのが大好きだった。そしてある日、母とアドルフはさんざんもめた末に、クリームのびんをひっくり返した。アドルフは小さい胸《むね》をびしょびしょにして、びっくりして飛びのいたが、母に耳をつかまれて、暖炉《だんろ》の前の敷物《しきもの》の上にぽいっと置かれた。そこでしばらく気持ちが悪そうにぷるぷるからだを揺《ゆ》らしていたけれど、ふいに居間《いま》にむかってかけだした。

居間は、アドルフにとっては楽しい狩《か》りができる場所だった。敷物をまじめくさった顔でかじるという悪い癖《くせ》を、とっくに身につけていた。追い払われると、ソファーの下に逃《に》げこんで、仏教徒《ぶっきょうと》が瞑想《めいそう》しているみたいに目を光らせる。そのうち、どういうわけか、目覚まし時計が鳴りだすみたいに突然《とつぜん》走りだす。急にあわてふためいて、だだだっとかけていき、小さい耳をなびかせながら居間のドアから出ていく。そういうときは、稲妻《いなずま》が落ちるみたいな音が居間にひびくけれど、あとを追いかけようとすると、アドルフはぼくたちの前をかけぬけて、風のように洗《あら》い場をかけまわっては、また戻《もど》ってきて、ものすごい勢《いきお》いでボールのように居間を転げまわる。その騒《さわ》ぎのあとは、すみっこにすわって落ち着きはらい、ぼんやりと考えごとをするみたいにひげをぴくぴくさせる。さっきのあれはなんだったのかなんて考えても仕方ない。アドルフはただ、弾《たま》のように飛んでいき、煙《けむり》をたなびかせる鉄砲《てっぽう》みたいにすっかり静まる、それだけだ。

アドルフは、どんどん成長していった。もう家の外に出さないわけにもいかない。ある日、動物が入ってこないための低い塀《へい》のところでぼくたちが遊んでいると、茶色い影《かげ》が目に入った。アドルフが道路をわたって、家々に面している野原に入っていく。とっさに、「アドルフ！」と呼《よ》んだ。何度も呼ばれてきたその声をきくと、アドルフは風に乗って坂になっている草地をだだだっとかけおりた。しっぽをひらひらさせながら、どんどん走っていく。ぼくたちはあわてて追いかけた。アドルフが耳をうしろになびかせ、腰《こし》を力強く動かし、世界をぜんぶ振《ふ》り切っていく姿《すがた》は、目を見張《みは》るものがあった。ぼくたちは息をきらしながら走ったけれど、追いつかない。そのとき、たまたま行く手をさえぎられたアドルフがふいに立ちどまって、すわりこんだ。イラクサの下で鼻をぴくぴくさせている。

好き勝手に外を歩けば、それなりの危険《きけん》を伴《ともな》う。ある日曜日の朝、父が行商の人と言い争い、ぼくたちは成り行きに耳をすましていた。そのとき、庭からとんでもない悲鳴《ひめい》がきこえてきて、ぼくたちは急いでかけつけた。アドルフがベンチの下で縮《ちぢ》こまっている。少しはなれたところで、白黒の大きなねこが、こわい顔でにらみつけていた。一度見たら忘《わす》れられない光景だ。アドルフは目を白黒させてもう一度悲鳴をあげたけれど、ねこはからだをのばしながらそーっと近づいてくる。

ねこのやつめ！　ぼくたちは必死で、教会の壁《かべ》の上を走って近所の庭に入っていったねこを追いかけた。

アドルフはまだ、大人になりきってなかった。

「ねこ？」母はいった。「ねこなんて大きらい。あんな動物を飼《か》う人の気が知れないわ」

アドルフはもう、母の手に負えなくなっていた。しょっちゅう家のなかでふんをするし、家にひとりでいるときに突然階段《とつぜんかいだん》をかけおりてくる音がするとぎょっとする。外に出さないようにするのもひと苦労だ。外にはねこがうろうろしているのに。子どものめんどうをみるより、ずっとたいへんだ。

それでもぼくたちは、アドルフを閉《と》じこめておこうとはしなかった。アドルフはますます元気よく、大胆《だいたん》になっていく。蹴《け》る力が強くて、しょっちゅう顔や腕《うで》にひっかき傷《きず》をつけられた。とはいえ、アドルフに最後の判決《はんけつ》が下ることになったのは、アドルフ自身の責任《せきにん》だ。居間《いま》には母のご自慢《じまん》のレースのカーテンがかかっていて、たっぷりとしたひだが床《ゆか》まで落ちていた。アドルフは、そのカーテンをのぼって、やわらかい草を突《つ》っ切るみたいに移動《いどう》するのが好きだった。そのせいですでに何か所か、やぶれていた。

ある日、アドルフはすっかりカーテンにからまってしまった。脚《あし》をばたばたさせ、もがき、火がついたようにじたばたした。大声で鳴いたとき、カーテンの竿《さお》がはずれて、母がたいせつにしていたゼラニウムの上に落ちた。そのとき、母が走ってきた。アドルフをカーテンから出してやったものの、二度と許《ゆる》さないといった。アドルフのほうも、母を許す気はなかったらしい。冷たい野生の血が、アドルフを支配していた。

さすがのぼくたちも、もうアドルフを野生に返すしかないとわかった。長いこと話し合い、父が森に戻《もど》しに行くことになった。アドルフはまた、上着《うわぎ》のポケットのなかに入れられた。

「深い穴《あな》のなかに入れてやるのがいいな」父は、みんなが怒《おこ》って文句《もんく》をいうのを楽しんでいた。

つぎの日、父の話では、アドルフは森の入り口に置かれると、なんてことなさそうに、はしゃぎもしなければ悲しみもしないで、ぴょんぴょん走っていったそうだ。そうきかされて納得《なっとく》はいったけれど、いろいろ考えさせられた。ほかのウサギたちは、アドルフをどんなふうに受け入れるんだろう？　人間に飼《か》いならされて落ちぶれたウサギだと感じとって、いじめるんだろうか？　母は、何を大げさなといって笑い飛ばした。

アドルフがいなくなって、ぼくたちは少しほっとした。父はそのあともずっと、アドルフのことを気にして観察《かんさつ》していた。何度か、早朝に森の近くを通ったとき、アドルフがイラクサのあいだからのぞいているのを見たといっていた。甘《あま》ったるい高い声をつくって呼《よ》んでみたけれど、アドルフは反応《はんのう》しなかったそうだ。動物が野生に返るのはあっという間だ。そうなると、人間なんてふがいないと軽蔑《けいべつ》するようになる。そんな気がした。ぼくもよく、森の入り口まで行って、アドルフをそっと呼《よ》んでみた。イラクサのあいだからきらきら光る目がのぞいて、白いしっぽを人をばかにしたようにひらめかせてシダの茂《しげ》みのなかに消えていくところが目に浮《う》かぶ。アドルフがぼくたちから身をかわすときの、あのいばりくさった白いしっぽときたら！　あれを見るといつも、無礼なジェスチャーとか活字にできないような言葉とかを思いだしてしまう。とても口には出せないけれど。

けれども、自然主義者がウサギの白いしっぽの意味について語るとき、その無礼なジェスチャーと、もっと失礼な言葉がいつも、頭に浮《う》かぶ。自然主義者がいうには、ウサギが白いしっぽを立てて歩くのは、ついてくる自分の赤ん坊《ぼう》の目印にするためで、人間のお母さんが赤ん坊にわかりやすいようにエプロンのひもをひらひらさせているようなものらしい。なんて無邪気《むじゃき》でかわいらしい考え方だろう。アドルフがそんな無邪気ではなかったのは、わかっている。ぼくからさっと身をかわして、白いしっぽを見せつけるとき、ぼくには「クソッ！」といってるのがきこえる気がした。下品な言葉だが、アドルフはいつもぼくにそう伝えようとしていたんだと思う。小さい腰《こし》にあざけりをこめて、身振《みぶ》りで示《しめ》していたんだと思う。

ウサギとは、そんなものだ。いばりくさって、人をばかにしたように白いしっぽをピンと立てている。アドルフは、信号がわりのそのしっぽを、これ見よがしにふる小悪魔《こあくま》だった。あの、必死でかけていく姿《すがた》が目に浮かぶ。アドルフの魂《たましい》は、おびえながらも夢中《むちゅう》になって、風のようにかけぬけていく。狂《くる》ったように、世界をふりきって走っていく。頭をそらし、耳を横にぴんとつけて、白目をむいて猛《もう》スピードで無我夢中《むがむちゅう》でかけていく。アドルフは、銃弾《じゅうだん》だのイタチだの、うしろから恐《おそ》ろしいものが迫《せま》ってくるのに気づく。そう、ちゃんと気づいている。目がうしろについているんじゃないかと思うほど、しっかり見ている。苦しいけれど、うっとりする。うっとりと、夢中になる。あのいばりくさってぴんと立てた白いしっぽときたら！アドルフは、恐怖《きょうふ》という魔法《まほう》の風に乗ってかけぬける。閉《と》じこめられた魂が、もだえ苦しむ恐怖の渦《うず》のなかに流れこみ、アドルフは消え去ろうとしている流れ星のように走る。苦しみが白い熱のように耳から出ていく。同時に、白いしっぽをぱたぱたさせる。「クソッ！　クソッ！」というように。追いかけてくるものを、ばかにするように。アドルフは、そうするしかない。どんなに追い詰《つ》められても、追いかけてくるものに侮辱《ぶじょく》の言葉をぶつける。どうしても征服《せいふく》できない逃亡者《とうぼうしゃ》であり、支配できない弱者だ。イタチが復讐《ふくしゅう》に燃《も》えるのもむりはない。

そして、うまく逃《に》げられたときのウサギときたら！　穴《あな》のなかにすわって、勝利に酔《よ》いしれる小さなボールのように、黒い目をきらきらさせている。ぴくりとも動かないその姿《すがた》から、全世界を「クソッ！」と思っているのがわかる。弱いものがうぬぼれたら、それより強いうぬぼれはない。おそろしいイタチの姿をした復讐の天使がそっとしのびよって飛びかかったら、じっと動かなかった自己《じこ》満足のかたまりのような小さなウサギから、恐怖《きょうふ》の悲鳴《ひめい》があがる。逃亡は終わる。けれども、そんなときでもなお、白いしっぽをぴんと立てている。死を前にしてもなお、しっぽはいっている。「弱者にして、正しきものにして、ウサギだ。おまえらは、悪《あ》しきものので、クソッタレだ」

訳者あとがき

D・H・ロレンス（デイヴィッド・ハーバート・ロレンス）は、一八八五年、イギリスの炭坑《たんこう》の村で、炭坑夫の父と元教師《きょうし》の母のあいだに、四番目の子どもとして生まれました。その生涯《しょうがい》や作品に関しては、数多くの伝記や研究書があり、かなりくわしく知ることができます。日本でもまちがいなく一番知られているのは、映画《えいが》にもなった長編《ちょうへん》小説『チャタレー夫人の恋人《こいびと》』で、その裁判《さいばん》にまで発展《はってん》した大胆《だいたん》でエロティックな性愛《せいあい》と人間心理の描写《びょうしゃ》に、訳者《やくしゃ》も高校時代に読んで衝撃《しょうげき》を受けたのを鮮明《せんめい》に覚えています。

ロレンスは四十四年という短い生涯のなかで、長編小説のほかに、詩集や紀行文や戯曲《ぎきょく》、そして六十八篇《へん》に及《およ》ぶ短編《たんぺん》を残しました。モチーフも登場人物もヴァラエティーに富《と》んでいますが、どの作品からも共通して、人間と自然との結びつきを追い求めたロレンスのあたたかい目と愛情《あいじょう》が感じられます。そして、何かのきっかけで一線を越《こ》えてしまった人間の、理性《りせい》と狂気《きょうき》のすれすれのようなものが見えてきます。ぞっとするような心理描写とドキッとするようなセリフがたくさんあるなか、思わずくすっと笑ってしまうようなユーモアもただよい、結末は思いがけなく、ロレンスという作家の、時代がうつりかわっても色あせない底知れない魅力《みりょく》を新鮮《しんせん》に見せつけられました。

時代も国もちがうフィクションなのだから、情景《じょうけい》がリアルに頭に浮《う》かんでこなかったり、登場人物の気持ちがわからなかったりすることもあって当然です。そこはさらっと受け止めて、読む人それぞれが自分なりの解釈《かいしゃく》をするのが、一世紀も前の作家の作品を読む楽しさではないでしょうか。自分と環境《かんきょう》のちがいを感じさせないような読みやすい小説で共感するのももちろんとても楽しくすばらしい経験《けいけん》ですが、想像《そうぞう》もつかない背景《はいけい》のある作品にどっぷりつかるのも、翻訳《ほんやく》小説を読む醍醐味《だいごみ》だと、改めて感じました。研究者でもない訳者がこのような大作家の作品を訳すのはおこがましいと感じながら訳しはじめましたが、作品のなかに出てくるローラーコースターや路面電車や木馬に乗っているようなめまぐるしい展開《てんかい》と、生々しいセリフまわしに、すぐにひきつけられて、気づいたら夢中《むちゅう》になって訳していました。

最後になりましたが、すてきな絵をつけてくださったヨシタケシンスケさん、このようなすばらしい作品を翻訳《ほんやく》する機会をくださり、アドヴァイスを下さった、大《おお》石好文《いしよしふみ》さんと小宮山民人《こみやまたみひと》さんと、理論社《りろんしゃ》の郷内厚子《ごうないあつこ》さんに、心から感謝《かんしゃ》いたします。

代田亜香子《だいたあかこ》

二〇一六年　十二月

｜作者｜

D・H・ロレンス

David Herbert Richards Lawrence

1885年イギリス・イーストウッドに生まれる。小学校に勤めながら、詩や小説を書いていたが、自伝性の強い『白孔雀』を出版し、作家の道へ。自身の体験が反映された『チャタレイ夫人の恋人』ほか、人間の肉体と精神の一体化からうまれる、精緻な心理描写にすぐれた作品を多数のこしている。主な作品に『息子と恋人』『虹』『恋する女たち』など。1930年没。

｜訳者｜

代田亜香子

Akako Daita

神奈川県に生まれる。立教大学英米文学科卒業。訳書に「メディエータ」シリーズ、「プリンセス・ダイアリー」シリーズ、「ペンダーウィックの四姉妹」シリーズ、『きらきら』『サマーと幸運の小麦畑』『はじまりのとき』『モンゴメリ 白いバラの女の子』など多数ある。

｜画家｜

ヨシタケ シンスケ

Shinsuke Yoshitake

1973年神奈川県に生まれる。筑波大学大学院芸術研究科総合造形コース修了。『りんごかもしれない』で第6回MOE絵本屋さん大賞第一位、第61回産経児童出版文化賞美術賞などを受賞。ほか作品に『しかもフタが無い』『結局できずじまい』『そのうちプラン』『りゆうがあります』などがある。

世界ショートセレクション ❷

ロレンス ショートセレクション
二番がいちばん

2017年1月　初版
2024年2月　第8刷発行

作者　D・H・ロレンス
訳者　代田亜香子
画家　ヨシタケ シンスケ
発行者　鈴木博喜
編集　郷内厚子
発行所　株式会社 理論社
〒101-0062 東京都千代田区神田駿河台2-5
電話 営業03-6264-8890 編集03-6264-8891
URL https://www.rironsha.com
デザイン　アルビレオ
組版　アズワン
印刷・製本　中央精版印刷
企画・編集　小宮山民人 大石好文

Japanese Text ©2017 Akako Daita Printed in Japan
ISBN978-4-652-20175-6　NDC933　B6判　19cm　207p
落丁・乱丁本は送料当社負担にてお取り替えいたします。
本書の無断複製(コピー、スキャン、デジタル化等)は著作権法の例外を除き禁じられています。私的利用を目的とする場合でも、代行業者等の第三者に依頼してスキャンやデジタル化することは認められておりません。

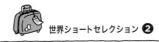